BASTEI LÜBBE

Taschenbücher von SANDRA BROWN
im BASTEI-LÜBBE-Programm

18 107	Verführte Herzen
18 109	Verlorene Hoffnungen
18 111	Ungezähmte Träume
18 118	Träume einer Nacht
18 120	Diese unendliche Zärtlichkeit
18 121	Die Frau, die es zweimal gab
18 122	Seinen Ex-Mann küßt man nicht
18 125	Manche mögen's immer wieder
18 128	Kleine süße ›graue Maus‹
18 131	Eine heiß-kalte Liebe
18 133	Bittersüße Zärtlichkeit

Sandra Brown

Das Abenteuer, die eigene Frau zu verführen

Roman

Ins Deutsche übertragen
von Barbara Heidkamp

BASTEI
LÜBBE

BASTEI-LÜBBE-TASCHENBUCH
Band 18 135

Erste Auflage:
März 1995

Published by arrangement
with Bantam Books, a division
of Bantam Doubleday Dell
Publishing Group, Inc.
Dieser Roman stammt aus der
amerikanischen Taschenbuchreihe
›Loveswept‹

Originaltitel: Tidings of Great Joy
Umschlaggestaltung:
Quadro Grafik, Bensberg
Satz: KCS GmbH,
Buchholz/Hamburg
Druck und Verarbeitung:
Brodard & Taupin, La Flèche,
Frankreich
Printed in France

ISBN 3-404-18135-2

Der Preis dieses Bandes
versteht sich einschließlich der
gesetzlichen Mehrwertsteuer.

Prolog

»Ich bin schwanger.«

Taylor MacKensies Blick schwang abrupt von Ria Lavenders wohlgeformten Beinen zu ihrem Gesicht hinauf. Sie machte nicht den Eindruck, als ob sie den Verstand verloren hätte, aber es war entweder das, oder er hatte nicht richtig gehört. »Wie bitte?«

»Ich bin schwanger.«

Taylor ließ sich in den Ledersessel hinter seinem Schreibtisch sinken und schluckte. ›Herzlicher Glückwunsch‹ schien nicht die passende Antwort zu sein. Sie hatte ihm die drei Worte wie eine Provokation entgegengeschleudert, und provozierend war auch der Blick ihrer dunkelgrünen Augen.

»Danke für die Mitteilung, aber ich hätte auch auf eine Geburtsanzeige warten können«, erwiderte er leichthin.

»Sie sind der erste, der es erfährt.«

»Gibt es dafür einen besonderen Grund?«

»Einen sehr guten Grund sogar.«

»Wollen Sie vielleicht andeuten, daß ich etwas mit Ihrer Schwangerschaft zu tun habe?«

»Ich will gar nichts *andeuten.* Es ist Ihr Kind, Mr. MacKensie.«

Taylor merkte, wie ihm heiß wurde. Um sein Erstaunen zu verbergen, lachte er kurz. »Soll das ein Scherz sein?«

»Kaum. Eine solche Art von Scherzen liegt mir nicht.«

»Mir auch nicht. Aber es klang verdammt danach«, meinte er gereizt. »Verraten Sie mir, wie kommen Sie dazu, so einfach hier hereinzuplatzen und mir solche Ungeheuerlichkeiten an den Kopf zu werfen?« Er sah sie drohend an.

»Ich bin nirgendwo hereingeplatzt«, gab Ria ruhig zurück. »Ich habe mir einen offiziellen Termin geben lassen, wie es sich gehört, wenn man mit einem Stadtverordneten sprechen will, und ...«

»Entschuldigen Sie, aber wenn ein Bürger dieser Stadt einen Termin mit mir vereinbart, erwarte ich, daß wir über bevorstehende Stadtratswahlen oder Steuergesetze oder die Erweiterung des Busnetzes sprechen.«

»Vielleicht hätte ich Sie in Ihrer Firma anrufen sollen. Aber ich hatte Angst, Sie würden denken, ich wollte Sie geschäftlich sprechen.«

Er fuhr mit den Fingern durch sein dichtes blondes

Haar. »Ich kann nicht glauben, daß es Ihr Ernst ist.« Taylor schüttelte den Kopf.

»Ist es aber.«

»Es ist kein fauler Trick? Kein dummer Streich?«

»Ich spiele keine dummen Streiche«, erklärte sie. »Und faule Tricks liegen mir schon gar nicht.«

»Woher, zum Teufel, soll ich das wissen? Ich kenne Sie ja kaum.«

Sie starrten sich über die polierte Oberfläche seines Schreibtisches an. Ria war die erste, die den Blick abwandte, und Taylor bemerkte, daß sie rot wurde. Das wird aber auch Zeit, dachte er. Ihm selbst war heiß, seit sie hereingekommen war.

Es war normal, daß ihr das Blut in die Wangen schoß, wenn man bedachte, *wie* gut er sie sogar kannte, obwohl sie sich erst einmal begegnet waren.

1

»Oh, verzeihen Sie!«

»Macht nichts.«

»Habe ich Sie nicht mit meinem Picker in den Finger gepiekt?«

»Ein paar Stiche bei Vollnarkose, und er ist so gut wie neu.« Der Mann zuckte lässig mit den Schultern und saugte an seinem verletzten Finger.

Ria lachte. »Tut mir leid.«

»Vergessen Sie es!«

»Bitte nehmen Sie den Shrimp.«

»Uh-uh. Wenn Sie es auf diesen speziellen Shrimp abgesehen hatten, würde es mir nicht im Traum einfallen, ihn Ihnen wegzunehmen.«

Ria lächelte in ein unglaublich gutaussehendes Gesicht, zu dem ein nicht weniger phantastischer Körper gehörte. Der Mann trug einen dunklen, dreiteiligen Anzug mit einem weißen Hemd und einer roten Krawatte.

Eine *rote* Krawatte? Nun, es war Heiligabend. Die Krawatte und das passende seidene Tuch, das in seiner Brusttasche steckte, waren seine Zugeständnisse an den Feiertag. Im übrigen hätte er tragen können, was er wollte, bei diesem strahlenden Lächeln, mit dem er sie bedachte, hätte er tragen können, was er wollte.

»Ria Lavender.« Sie wechselte ihren Teller von der rechten in die linke Hand, damit sie dem Fremden die Hand geben konnte.

»Taylor MacKensie.« Er hatte noch keinen Teller, nur den Cocktailpicker, der auf den gleichen Shrimp wie ihrer gezielt hatte. Er gab Ria die Hand.

»*Der* Taylor MacKensie?«

Um seine Augen bildeten sich kleine Fältchen, als er wieder lächelte. »Gibt es *den* Taylor MacKensie?«

»Ich meine, sind Sie der berühmte Stadtverordnete MacKensie, der für das Amt des Bürgermeisters kandidiert?«

Er verbeugte sich steif. »Genau der. Es ist mir ein Vergnügen, Mrs. Lavender.«

Ria legte den Kopf schief und betrachtete ihn. »Sehr clever.«

»Was?«

»Ihr *Mrs.* Lavender. Wenn ich nicht protestiere, verrät Ihnen das, ob ich verheiratet bin; wenn ich Sie verbessere, wissen Sie, daß ich es nicht bin.«

Er senkte vertraulich die Stimme. »Die Spannung bringt mich fast um.«

»Es ist Miss und noch nie Mrs. gewesen«, antwortete sie.

»Wunderbar.« Er schnippte mit den Fingern. »Ich habe immer phänomenales Glück.«

Sie schauten sich in die Augen, bis jemand Taylor von hinten anstieß und der Bann gebrochen war. »Wie wär's mit noch einem Shrimp?« fragte Taylor höflich.

»Ich habe schon unverschämt viele gegessen, aber danke.«

Aufmerksam betrachtete er den langen Tisch, auf dem das üppige Buffet aufgebaut war.

»Könnten wir uns dann auf Truthahn einigen?« meinte er.

Ria lächelte. Ihr gefiel sein Sinn für Humor. Überhaupt hatte sie noch nichts an ihm entdeckt, was ihr nicht gefiel. Und sie liebte Truthahn.

»Gern«, erwiderte sie.

Er nahm sich einen Teller, und zusammen gingen sie am Buffet entlang und bedienten sich, obwohl sie beide im Moment ganz andere Sachen als Essen im Kopf hatten.

In dem Augenblick, als sie sich begegnet waren, war aus der Pflichtübung – als die sie diese Einladung zum traditionellen Weihnachtsempfang bei den Grahams mehr oder weniger betrachteten – etwas Aufregendes und Neues geworden. Sie hatten beide vorgehabt, sich wieder zu verdrücken, sobald es nur möglich war, und nun hatte Taylor sogar die Ausrede vergessen, mit der er bei der Gastgeberin sein frühes Verschwinden hatte entschuldigen wollen.

»Wo wollen wir uns hinsetzen?« Taylors Blick schweifte durch das überfüllte Wohnzimmer, auf der

Suche nach zwei freien Plätzen nebeneinander. Er ignorierte die einzelnen Stühle, die hier und dort standen, und Ria freute sich darüber.

»Kann man Ihnen trauen?« fragte sie ihn, einer plötzlichen Eingebung folgend.

»Ich kann regelrecht unverschämt sein und trotzdem nachts ruhig schlafen«, gab er grinsend zurück.

»Dann folgen Sie mir!«

Taylor zwinkerte dem Barmann verschwörerisch zu und nahm sich eine Flasche mit gekühltem Champagner und zwei Gläser. Ria ging zur Treppe, die mit einem Perserläufer belegt war.

»Ihr Kleid ist eine Wucht«, bemerkte Taylor, als sie die Stufen hinaufstiegen.

Sie sah ihn über ihre Schulter an. Sein Blick war auf ihren nackten Rücken geheftet. Ihr blaues Paillettenkleid war vorn und hinten tief ausgeschnitten, mit gepolsterten Schultern, einem engen, knielangen Rock und einem passenden Gürtel. Das lange glatte Haar wurde von einer ebenfalls paillettenbesetzten Spange auf einer Seite zurückgehalten.

»Danke.«

»Keine Ursache.«

Die Treppe führte zu einer Galerie hinauf, von der aus man auf die Räume darunter blickte. »Das war eine fabelhafte Idee«, meinte Taylor, als sie auf die laute Menge hinunterschauten.

»Ich bin auch froh, daß ich darauf gekommen bin«, erwiderte sie.

Sie standen einen Moment lang am Geländer und sahen sich an. Der Hunger, den sie in seinem Blick erkannte, galt eindeutig nicht dem Essen auf seinem Teller. Er galt ihr.

Schließlich räusperte sich Ria. »Hier entlang«, meinte sie.

Sie ging ihm voraus in ein geräumiges Zimmer, das nur vom Feuer im Kamin und dem riesigen Weihnachtsbaum in der Ecke erleuchtet wurde. Es war mit weichen weißen Ledersofas und Sesseln eingerichtet. Rias hohe Absätze versanken tief in dem beigefarbenen Teppich. Sie durchquerte den Raum und stellte ihren Teller auf den Glastisch.

»Der Lichtschalter ist links von Ihnen«, sagte sie zu Taylor. Er stand in dem breiten Eingang und betrachtete beeindruckt das Zimmer.

»Aber wenn Sie die Hände voll haben, kann ich es einschalten«, bot Ria an, als er nicht antwortete.

»Haben Sie etwas dagegen, wenn wir es so lassen?«

»Eigentlich ist es mir so sogar lieber«, antwortete sie, ohne den Blick von ihm zu wenden.

»Mir auch.«

Er ging zu ihr, und sie setzten sich zwischen dem Sofa und dem Kamin auf den Boden. Ria hockte wie eine Geisha auf ihren Fersen, während Taylor ein Knie anzog und sich mit dem Rücken gegen die Couch lehnte.

Er öffnete fachmännisch die Champagnerflasche, so daß es nur einen sanften Laut gab und nichts überschäumte. Ria nickte anerkennend und hielt ihm ihr Glas hin. Er schenkte zuerst ihr und dann sich selbst ein. Als sein Glas bis zum Rand voll war, prostete er ihr zu.

»Frohe Weihnachten, Ria.«

»Frohe Weihnachten, Taylor.«

Sie schauten sich über den Rand ihrer Gläser an, während sie tranken. Taylor schnalzte mit der Zunge.

»Viel besser als der Champagnerpunsch.«

»Hmmm.« Ria ließ den Champagner einen Augenblick in ihrem Mund perlen, bevor sie ihn hinunterschluckte. »Es geht doch nichts über das Echte, und das pur.«

Er steckte sich einen mit einer Olive verzierten Cocktailhappen in den Mund. »Woher wußten Sie von diesem Zimmer hier?«

»Ich habe es eingerichtet.«

Er zog, offensichtlich beeindruckt, die Brauen hoch. »Sie sind Innenarchitektin?«

Ria schüttelte den Kopf. »Nein, ich habe nur ein paar Empfehlungen gegeben, wie man diesen Raum am besten einrichten könnte«, erwiderte sie. »Ich bin die Architektin.«

»Sie sind die Architektin dieses Hauses? Sie haben es entworfen und gebaut?«

Sie nickte. Taylor kaute an einer mit Krabbensalat gefüllten Tomate, während er sich den Raum noch einmal ansah, diesmal jedoch mit ganz anderen Augen. Keine Einzelheit entging ihm. Offensichtlich gefiel ihm, was er sah, das bemerkte Ria an der Art, wie er die strukturellen Einzelheiten des Raumes betrachtete.

Ria erwartete ein Kompliment, und so war sie überrascht, als er sagte: »Es schneit.«

Sie legte den Kopf zurück und sah, daß Schneeflocken, so groß und weich wie Gänsedaunen, auf die Oberlichter in der Decke über ihnen fielen und dort liegenblieben.

»Wie schön, weiße Weihnacht«, murmelte sie.

»Ich bin geneigt, ein Lied anzustimmen. Soll ich?« Er grinste.

»Können Sie denn singen?«

»In der Dusche klinge ich großartig.«

»Dann sollten wir vielleicht doch lieber darauf verzichten«, erwiderte sie lachend.

»Sie glauben nicht, daß ich singen kann? Ich schätze, Sie werden mir in der Dusche Gesellschaft leisten müssen, um es herauszufinden.«

Ria trank einen Schluck von ihrem Champagner. Sie empfand die Anspielung nicht als unverschämt. Dazu war sein Lächeln zu entwaffnend. Und dennoch war es auch sexy, genau wie er es beabsichtigt hatte.

Sie stellte ihr Glas hin und sah ihn an. »Sie sind genauso gefährlich, wie man sagt, Mr. MacKensie«, stellte sie fest.

»Wie wer sagt?« Er roch mißtrauisch an einer Anchovis.

»Alle, die Ihnen vorwerfen, ein Ladykiller zu sein«, antwortete sie.

»Ach, die.« Er zuckte gleichgültig die Achseln und legte die Anchovis wieder auf den Teller zurück. »Politische Gegner haben diese Gerüchte in die Welt gesetzt.«

»Oder betroffene Frauen.«

»Davon gibt es wohl ein paar.« Sein Lächeln war reumütig.

»Nun ja, aber das alles heißt ja nicht, daß Sie kein ernsthafter Politiker oder Geschäftsmann sind«, erwiderte Ria. Aus all den Zeitungsartikeln, die sie über ihn gelesen hatte, wußte sie, daß er eine Elektro-Installationsfirma besaß. »Trotz des ganzen Schmutzes, mit dem Ihr Gegner Sie bewirft, glaube ich, daß Sie das Rennen um das Bürgermeisteramt machen werden.«

»Werden Sie für mich stimmen?«

»Aber nur, wenn Sie mir noch ein Glas Champagner einschenken.« Sie hielt ihr Glas hin.

Er kam ihrer Bitte nach und füllte dann auch sein eigenes Glas auf, während er meinte: »Ich wünschte, alle Stimmen wären so leicht zu gewinnen. Warum wollen Sie für mich stimmen?«

»Weil Sie ein progressiver Politiker sind. Vielleicht eine Spur zu direkt und aggressiv.«

»Bleeker nannte mich ›Straßenrabauke‹.«

Sie lachte über den Spitznamen, den ihm sein Gegner angehängt hatte. »Die Beschreibung paßt, obwohl ich sicher bin, daß Bleeker es nicht als Kompliment gemeint hat. Ich kann mir nicht vorstellen, daß Sie sich von irgend jemandem vorschreiben lassen, was Sie tun oder nicht tun sollen.«

»Sie haben recht. Ich bin in der Vorstadt aufgewachsen, ein typisch amerikanisches Kind. Aber ich habe mich immer gegen die Rowdys behauptet.«

»Sie machen auf mich den Eindruck eines Mannes, der frischen Wind mitbringt. Manche Leute haben Angst vor Veränderungen, aber ich glaube schon lange, daß diese Stadt einige Veränderungen sogar dringend braucht«, erwiderte sie.

»Ich hoffe auch, daß ich in der Lage sein werde, frischen Wind in den Stadtrat zu bringen. Falls ich gewählt werde.« Nach einem Augenblick fügte er im gleichen Ton hinzu: »Verdammt.«

»Was ist?«

»Jetzt habe ich doch den Truthahn vergessen!«

»Hier, bedienen Sie sich.« Sie hielt ihm ihren Teller hin.

Er hob beide Hände hoch. »Nein, wirklich, das kann ich nicht.«

»Kommen Sie, ich bestehe darauf! Schließlich habe ich Ihnen den Shrimp weggenommen.« Sie nahm ein Stück weißes Fleisch vom Teller und hielt es Taylor hin.

Er zögerte. »Sie haben den Shrimp in einem fairen Kampf gewonnen.«

»Bitte.« Sie hob ihre Hand näher an seinen Mund.

»Na gut, wenn Sie darauf bestehen.«

Er biß in das saftige Stück Truthahnbrust. Ria spürte ein seltsames Kribbeln im Magen, als sein warmer Atem ihre Finger streifte. »Mmm, köstlich!« sagte er mit vollem Mund.

»Weich und saftig, nicht wahr?«

»Hm, stimmt.«

Sie sah, daß er auf ihre Lippen schaute, und wandte hastig den Blick ab. Warum hatte sie plötzlich den Eindruck, daß er sie anschaute wie ein Raubtier seine Beute?

Ihre Hand zitterte leicht, als sie nach ihrem Champagnerglas griff.

Erst als sie sich bewegte, schien er wieder in die Wirklichkeit zurückzufinden. »Der Weihnachtsbaum hier gefällt mir besser als der unten«, bemerkte Taylor übergangslos.

Ria war froh, daß er das Thema wechselte. Es minderte die Spannung, die sie plötzlich empfunden hatte. Die Geräusche der Party, das Lachen und das Reden, die von unten heraufklangen, waren hier nur gedämpft zu hören. Hier oben war nichts anderes zu hören als das Knistern und Prasseln der Scheite im Kamin oder das Rascheln von Stoff, wenn einer von ihnen beiden sich leicht bewegte.

Eine ganz eigene Stimmung hatte sie beide erfaßt,

so als wären sie hier zu Hause und könnten es sich so gemütlich machen, wie sie wollten. Ria hatte sich noch nie so entspannt gefühlt. An keinem anderen Ort. Zu keinem anderen Zeitpunkt.

Und sie hatte auch noch nie eine solch atemlose Erwartung empfunden. Das Gefühl, daß gleich etwas ungeheuer Schönes und Aufregendes passieren würde.

Sie blickte auf den Baum. Seine grünen Zweige waren mit funkelnden bunten Lichtern, Glaskugeln, Lametta und Zuckerwerk geschmückt.

»Mir auch«, erwiderte sie. »Ich mag die altmodischen Weihnachtsbäume lieber.«

»Man muß sie riechen können.«

»Genau. Der unten im Wohnzimmer ist phantastisch, aber so steif.«

»Er wirkt künstlich.«

»Er ist von einem professionellen Dekorateur gemacht worden. Man sieht, daß den hier die Familie geschmückt hat.« Sie lachte. »Die Abstände zwischen den einzelnen Stücken, die aufgehängt wurden, sind nicht mit dem Lineal ausgemessen worden.«

Ihre Gastgeber, die Grahams, hatten mehrere erwachsene Kinder und zahlreiche Enkelkinder. Ria konnte sich das Lachen und die Freudenschreie vorstellen, die von diesen Wänden widerhallen würden, wenn am nächsten Morgen die vielen Geschenke ausgepackt wurden.

Taylor beugte sich dichter zu ihr vor. »Ich wette, wenn man genau hinschaute, würde man sehen, daß einige der Sachen beschädigt oder geklebt sind.«

Ria nickte verträumt. »Die sind dann die wertvollsten. Je älter, desto besser. Sie bergen Erinnerungen an frühere Weihnachtsfeste, und man wird sie niemals wegwerfen.«

Taylor strich plötzlich mit der Rückseite seiner Finger über ihre Wange. »Unsere Architektin hat eine sentimentale Ader.«

Sie bekam eine Gänsehaut bei der Berührung. »Sie haben mich durchschaut.«

Sie beide hörten auf, so zu tun, als hätten sie noch Hunger und wollten noch etwas essen, und stellten ihre Teller beiseite. Taylor sah Ria mit unverhohlener Bewunderung an. »Ich habe noch nie einen Pickerkampf mit jemandem ausgetragen, der so hübsch ist wie Sie. Sind Sie sicher, daß es Sie wirklich gibt? Oder existieren Sie nur in meiner Vorstellung?«

Sie hatte auf der Zunge zu sagen: ›Berühren Sie mich, und überzeugen Sie sich‹, doch sie besann sich anders. Taylor MacKensie stand in dem Ruf, ein Frauenheld zu sein, und sie wollte ihn nicht noch ermutigen. Sie war zu vernünftig, um sich von glatten Worten und einem einschmeichelnden Lächeln verführen zu lassen. Aber sie genoß Taylors Gesellschaft, und ein harmloser Flirt konnte nicht schaden.

»Oh, natürlich gibt es mich wirklich. Was Sie nicht wußten«, antwortete sie gedehnt, »war, daß mein Magen gerade höchst unfein knurrte, als ich diesen dicken rosafarbenen Shrimp entdeckte. Und . . .«

»Schsch.« Er legte ihr einen Zeigefinger an die Lippen. »Sie machen mir den Mund wäßrig.«

Schluß! dachte Ria. Aus mit der Flirterei! Es war nicht länger harmlos. Taylor MacKensie machte *ihr* den Mund wäßrig. Der sanft beleuchtete Raum, der Kamin, die weihnachtliche Atmosphäre hatten eine gefährliche Wirkung auf sie.

Sie fühlte, wie sie die Kontrolle über die Situation

verlor, und wußte, daß sie sie zurückgewinnen mußte. Egal wie.

»Vielleicht sollten wir lieber nach unten gehen und uns unter die anderen mischen.«

Er runzelte die Stirn, doch auch er schien einzusehen, daß dies wohl ratsam war. Auch er hatte gemerkt, daß ihnen die Situation außer Kontrolle zu geraten schien.

»Sie haben recht«, erwiderte er, dann schenkte er ihr wieder jenes so umwerfende, charmante Lächeln, bei dem ihr gleich die Knie weich wurden. »Schließlich darf ich nicht vergessen, daß auch die Leute da unten alle potentielle Wähler sind.«

Er erhob sich und hielt ihr die Hand hin, die sie dankbar ergriff. Sie hätte mehr essen sollen. Der Champagner war ihr in den Kopf gestiegen. Und in die Beine gegangen. Sie waren wie Gummi.

Sie schwankte leicht, als sie aufstand. Taylor legte ihr den Arm um die Taille, um sie zu stützen, und drückte sie flüchtig an sich.

»Okay?« fragte er leise, und seine Stimme klang warm und einschmeichelnd.

»Ja, sicher.«

Er ließ sie los, obwohl Ria spürte, daß er es nur ungern tat. Sie nahmen ihre Teller auf und gingen die Treppen hinunter. »Das Haus gefällt mir«, bemerkte er. »Es ist modern, ohne nüchtern zu sein.«

»Ich war zufrieden mit dem Ergebnis«, erwiderte Ria bescheiden.

»Glauben Sie ihr kein Wort.«

Ria und Taylor drehten sich um bei dem Klang der Stimme ihrer Gastgeberin. Mrs. Graham, die ein buntes Taftkleid trug, das bei jedem Schritt raschelte, lächelte Ria an und umarmte sie herzlich.

»Sie ist viel zu bescheiden, Taylor. Ich freue mich,daß Sie die genialste und originellste Architektin unserer Stadt kennengelernt haben. Ich habe diese Party einzig zu dem Zweck gegeben, mit Rias Meisterstück anzugeben.«

»Ich finde, Sie haben einen exzellenten Geschmack«, erwiderte Taylor mit einem charmanten Lächeln. »Sowohl was Häuser als auch was Architekten betrifft.«

Mrs. Graham ergriff Rias Arm und zog sie von Taylors Seite weg. »Eine Freundin von mir kann es kaum erwarten, Sie kennenzulernen, Ria. Sie ist grün vor Neid geworden, als sie mein Haus gesehen hat, und möchte nun unbedingt auch so eins. Sie hat übrigens ein wunderschönes Grundstück. – Meine Güte Taylor, nun machen Sie doch nicht so ein enttäuschtes Gesicht. Sie können sich später noch mit Ria unterhalten. Jetzt seien Sie ein lieber Junge, und mischen Sie sich unters Volk! Ich glaube, ein paar Männer spielen Billard im Billardzimmer.«

Eine Dreiviertelstunde später entdeckte Taylor Ria zwischen einer Reihe von anderen Gästen, die um den großen weißen Flügel herumstanden und Weihnachtslieder sangen. Er schob sich durch die Gruppe zu ihr vor.

»Hi.«

»Hi. Haben Sie Billard gespielt?«

»Ja. Und gewonnen. Aber ich habe nicht darauf bestanden, daß die anderen ihre Schulden bezahlen. An Weihnachten bin ich immer großzügig.«

Ein neues Lied wurde angestimmt, und sie sangen mit. In der Mitte der zweiten Strophe lehnte sich Ria zurück. »Sie hatten recht. Sie . . .«

»Was? Ich kann Sie nicht verstehen.« Er beugte sich zu ihr herunter, so daß ihre Lippen sein Ohrläppchen streiften.

»Sie hatten recht«, wiederholte sie. Als er den Kopf schief legte und sie fragend ansah, fügte sie hinzu: »Sie können wirklich nicht singen!«

Er lachte und drückte ihren Ellbogen.

Bald darauf brachen die ersten Gäste auf. Grund dafür war unter anderem das zusehends schlechter werdende Wetter, und alle wollten noch rechtzeitig nach Hause kommen. Ria und Taylor schlenderten zusammen auf den Raum zu, wo ein Mädchen die Mäntel holte. Als es mit Rias zurückkam, bemerkte Ria Taylors überraschten Blick. Er nahm dem Mädchen den langen Silberfuchs ab und hängte ihn um Rias Schultern, während er seinen eigenen Mantel über den Arm nahm. Dann gingen sie zur Haustür, wo sich die Grahams von den Gästen verabschiedeten.

»Es war wundervoll. Vielen Dank für die Einladung«, meinte Ria und küßte die Gastgeberin auf die Wange.

Mrs. Graham tätschelte ihre Hand. »Die Party war wundervoll, weil mein Haus wundervoll ist, und mein Haus ist wundervoll, weil Sie wundervoll sind. Und wenn Sie jetzt glauben, ich würde Sie bei diesem Wetter allein diesen Berg hinunterfahren lassen, dann sind Sie falsch gewickelt!«

»Ich bin es gewöhnt, im Schnee zu fahren«, wandte Ria ein.

»Aber nicht diesen steilen Abhang hinunter, den wir fälschlicherweise als Straße bezeichnen«, erwiderte Mrs. Graham.

»Ich wäre glücklich, wenn ich Ria nach Hause fahren könnte«, meinte Taylor lächelnd.

»Ausgezeichnet.« Mrs. Graham strahlte über das ganze Gesicht. »Darling, vergiß nicht, etwas zu Taylors Wahlkampffonds beizusteuern«, wandte sie sich an ihren Mann.

»Aber mein Wagen . . .« protestierte Ria. Sie war nicht daran gewöhnt, daß sich jemand so um sie kümmerte.

»Den wird Ihnen morgen jemand hinunterbringen. Ihr solltet euch jetzt besser auf den Weg machen, bevor diese Rutschbahn noch glatter wird! Gute Nacht, meine Lieben, und fröhliche Weihnachten!«

Die Grahams winkten ihnen noch einmal zum Abschied, bevor sie ihre Aufmerksamkeit anderen Gästen zuwandten. Als Taylor sie auffordernd anschubste, blieb Ria nichts anderes übrig, als Taylor zu folgen, wenn sie keine Szene machen wollte.

»Es macht Ihnen doch nichts aus, oder?« fragte er, während er den Kopf gegen den Schnee senkte, der ihm ins Gesicht wehte.

»Nein. Ihnen?«

»Natürlich nicht.«

»Die Grahams haben Sie praktisch vor vollendete Tatsachen gestellt. Sie hatten keine große Wahl«, meinte sie.

»Sie irren sich. Ich habe Ihnen doch schon gesagt, daß ich regelrecht unhöflich sein kann.« Seine Hand schloß sich fester um ihren Ellbogen. »Außerdem hätte ich Ihnen von mir aus angeboten, Sie mitzunehmen, wenn die Grahams nicht gefragt hätten. Es hätte mir auch nicht gefallen, wenn Sie in diesem Wetter allein nach Hause hätten fahren wollen.«

»Ich bin sicher, daß ich mit den paar Schneeflocken schon fertig geworden wäre«, behauptete sie.

Taylor blickte zum Himmel hinauf. »Es sind nicht nur ein paar Schneeflocken, es sieht eher nach einem Schneesturm aus. Und vergessen Sie nicht«, fügte er hinzu und drückte ihren Ellbogen, »ich weiß, wieviel Champagner Sie getrunken haben.«

Lachend ging sie an der Reihe von Wagen entlang, die in der Einfahrt parkten, bis sie eine neue Corvette erreichten.

»Wissen Sie«, meinte Taylor, während er in seiner Tasche nach den Schlüsseln suchte, »ich bin immer noch nicht sicher, ob es Sie tatsächlich gibt. Sie sind schön, begabt, klug, amüsant. Sie tragen wertvollen Schmuck und . . .«

»Das hier?« fragte sie und zeigte auf ihre Straßohrringe. »Die sind nicht echt.«

»Aber der hier ist echt.« Er fuhr mit den Fingern durch den weichen Pelzkragen ihres Mantels, den sie gegen die Kälte hochgeschlagen hatte. Der Mantel war der einzige Luxus gewesen, den sie sich geleistet hatte, als sie bei dem angesehensten Architektenbüro in der Stadt angefangen hatte. Dafür hatte sie lieber auf ein teures Auto verzichtet.

»Sie haben den schönsten Pelzmantel, den ich je gesehen habe, zusätzlich zu all Ihren anderen Attributen. Aber es muß doch irgend etwas an Ihnen geben, das nicht perfekt ist.« Er schaute sie durch den fallenden Schnee an. »Vielleicht haben Sie einen faulen Zahn?«

Sie gab ihm einen spielerischen Klaps auf die Nase und schüttelte immer noch lachend den Kopf, als sie schon lange im Auto saß.

Die Straße war viel gefährlicher, als Ria gedacht hatte, und sie hätte sicher Probleme bekommen, wäre sie selbst gefahren. Im nachhinein war sie froh, daß die Grahams darauf bestanden hatten, daß sie nicht allein fuhr. Auch wenn sie nicht sicher war, ob es weise war, sich ausgerechnet Taylor MacKensie anzuvertrauen.

Ria fühlte sich ein bißchen benommen. In ihren Ohren rauschte es, und das lag sicher nicht an den Glocken, die überall die Weihnacht einläuteten. Und ihre Zehen spürte sie auch nicht mehr – okay, dafür gab es eine logische Erklärung. Es war nun mal nicht besonders ratsam, in leichten Abendschuhen durch kalten Schnee zu laufen.

Aber daß ihr so heiß war, lag sicher nicht nur an der hervorragend funktionierenden Heizung im Auto.

Wahrscheinlich hatte sie doch zuviel von dem leckeren Champagner getrunken – oder Taylors überwältigende Nähe hatte sie berauscht. Doch egal, was auch der Grund war, sie sollte sich dennoch nicht so albern benehmen.

Die Scheibenwischer klackten so rhythmisch wie ein Metronom. Schneeflocken führten im Licht der Scheinwerfer einen fröhlichen Tanz auf. Die Nacht erschien ihr auf einmal ganz unwirklich. Aber wer brauchte schon die Wirklichkeit, wenn Phantasien so schön waren? Warum sollte sie es nicht genießen, solange es dauerte?

»Musik?«

»Bitte?« fragte sie abwesend.

Er deutete mit dem Kopf auf das Radio.

»Ja, gern.« Sie zwinkerte ihm zu. »Wenn Sie versprechen, nicht mitzusingen.«

»Anscheinend spielen sie heute abend überall nur

Weihnachtslieder«, bemerkte er, nachdem er mehrere Sender gedrückt hatte.

»Macht nichts. Einmal im Jahr höre ich sie gern«, erwiderte sie.

»Ja, ich auch. Wie kommt es, daß Sie Heiligabend allein verbringen?« fragte er plötzlich. »Ich hätte gedacht, es würden mindestens ein Dutzend Verehrer vor Ihrer Tür Schlange stehen und um ein Rendezvous am Abend vor Weihnachten bitten.«

Ria lächelte. »Danke für das Kompliment. Der Mann, mit dem ich mich für gewöhnlich verabrede, ist nicht da.«

»Es gibt einen Mann in Ihrem Leben?«

»Ja. Seine Mutter lebt in Florida, und er verbringt die Feiertage bei ihr.«

Taylor nahm diese Information kommentarlos zur Kenntnis. »Und Ihre Eltern?«

»Sie sind im Augenblick in England und besuchen dort Freunde. Zuerst wollten sie nicht über Weihnachten fahren, doch ich habe sie dann dazu überredet. Schließlich ist Heiligabend ein Abend wie jeder andere«, behauptete sie.

Er sah sie von der Seite her an. »Glauben Sie das wirklich?«

Ihre Blicke trafen sich einen Moment, und Ria schüttelte langsam den Kopf. »Nein«, antwortete sie leise, »aber ich wollte nicht, daß meine Eltern meinetwegen auf die Reise verzichten.«

»Was ist mit Ihrem Freund?«

»Es wäre mir unangenehm, wenn er meinetwegen seine Mutter vernachlässigen würde.« Um das Gespräch von sich selbst abzulenken, fragte sie: »Was ist mit Ihnen? Warum sind Sie allein? Keine Familie?«

»Meinen Vater gibt es noch, aber er hat jetzt eine neue Familie. Er und Janey leben in Los Angeles.« Er erzählte, daß sein Vater nach dem Tod seiner Mutter wieder geheiratet hatte, und zwar eine wesentlich jüngere Frau. Sie hatten zwei Kinder.

»Ich habe einen Stiefbruder und eine Stiefschwester, die jung genug sind, daß sie meine eigenen Kinder sein könnten. Ich bin immer willkommen bei ihnen, aber ich glaube, meine Anwesenheit dort macht alle verlegen, weil sie immer Angst haben, etwas Falsches zu tun oder zu sagen.«

»Und wie steht es mit Bekannten?« fragte sie, meinte damit speziell Freundinnen und haßte sich für ihre Neugier.

»Ich war mit einer Gruppe von Leuten zum Skifahren eingeladen.«

»Wie groß war die Gruppe?«

Sein Grinsen sagte ihr, daß er wußte, worauf sie hinauswollte. »Sieben. Darunter die Frau, mit der ich mich zur Zeit treffe. Ich habe im letzten Augenblick abgesagt.«

»Warum? Hatten Sie Streit?«

»Nein. Anfangs jedenfalls nicht. Ich habe mir vorgestern beim Tennisspielen den Knöchel verstaucht und fand, daß es nicht günstig wäre, damit Ski zu laufen. Daraufhin hatten wir dann doch Streit.«

»Ihre Freundin ist ohne Sie mitgefahren?«

Er zuckte mit den Schultern. »Sie ist eine sehr unabhängige Lady.«

»Es ist doch schon seltsam, daß man Weihnachten entweder hektisch und ausgelassen oder traurig und einsam verbringen kann.«

»Es hängt davon ab, ob man es mit jemandem zusammen oder allein verbringt.«

»Wahrscheinlich. Obwohl es schrecklich sein könnte, ausgerechnet dann mit jemandem zusammenzusein, den man nicht liebt oder nicht einmal mag. Ich glaube, das wäre noch schlimmer, als es allein zu verbringen.« Sie blickte nachdenklich vor sich hin.

Ria hatte Taylor ihre Adresse genannt, als sie bei den Grahams losgefahren waren. Er schien seine Stadt gut zu kennen, denn er fuhr den kürzesten Weg, ohne sie auch nur einmal fragen zu müssen, wo er abbiegen sollte.

Vor ihrem Haus hielt er an und schaltete den Motor der Corvette aus. Die Scheibenwischer blieben stehen, und das Radio verstummte mitten in einem Weihnachtslied.

Doch weder Ria noch Taylor rührten sich. Schließlich drehten sie sich gleichzeitig zueinander um und begannen zu sprechen.

»Danke . . .«

»Ich würde mich . . .«

»Entschuldigung.«

»Entschuldigung. Ladies first.«

»Ich wollte mich nur fürs Mitnehmen bedanken.«

Taylor drehte den Kopf und starrte durch die Windschutzscheibe, die rasch mit Schnee bedeckt wurde. Ria konnte sehen, daß er auf der Innenseite seiner Wange kaute. »Ich würde mich durchaus zu einer Tasse Kaffee überreden lassen«, meinte er und schaute Ria wieder an.

Sie zögerte nur einen kurzen Moment, bevor sie nickte. Er stieg aus und kam um den Wagen herum, um die Beifahrertür zu öffnen. Seine Finger schlossen sich fest um ihren Oberarm, als sie vorsichtig über den gefährlich glatten Bürgersteig gingen.

Ria holte den Schlüssel aus ihrer paillettenbesetzten Abendtasche und schloß die Haustür auf. Drinnen empfing sie eine wohltuende Wärme. Ria drückte auf einen Wandschalter, doch die Lampe auf dem Ecktisch neben der Couch ging nicht an, wie sie erwartet hatte. Statt dessen leuchtete ihr Weihnachtsbaum auf.

»Oh, das hatte ich völlig vergessen. Ich habe ja die Weihnachtsbaumbeleuchtung in die Steckdose gesteckt, die zu diesem Schalter gehört.«

»Sie hätten besser einen Elektriker holen sollen«, meinte er neckend. »Ein hübscher Baum.«

»Danke.«

»Einer von der altmodischen Sorte.«

Taylor ging zum Kamin hinüber, in dem unter den Scheiten noch rote Glut schwelte. Er zog den Schutzschirm beiseite, stocherte mit einer Stange in der Glut und legte zwei neue Holzscheite auf. Sie fingen sofort Feuer.

Im hellen Schein der Flammen funkelten die schmelzenden Schneeflocken auf seinem Haar und seinen Schultern wie Diamanten. Er drehte sich um und sah Ria an. Sein Blick und die zielstrebige Art, wie er auf sie zukam, ließen sie erbeben.

»Ich werde schnell den Kaffee aufsetzen«, meinte sie atemlos.

Er hielt ihre Hand fest, als sie an ihm vorbeiging. »Ria?«

»Was?«

»Sie haben Schnee im Haar«, flüsterte er.

Sie schüttelte sacht den Kopf.

Er beobachtete, wie ihr Haar bei der Bewegung

sanft mitschwang. »Es ist wunderschön. So glänzend und seidig. Dunkel wie die Nacht. Und so verführerisch.«

Wenn hier etwas verführerisch ist, dachte sie, dann ist es die Art, wie du mit deinen Fingern durch mein Haar fährst. Und wie er sie anschaute. Sein Blick glitt über ihr Gesicht, ihren Hals, senkte sich dann auf die Stelle, wo ihr Ausschnitt den Ansatz ihrer Brüste preisgab.

»Es wird gleich warm«, meinte sie hastig.

»Baby, es ist schon warm«, murmelte er heiser.

Er trat näher, nahm ihr Gesicht in die Hände und strich mit dem Daumen über ihre kalten Wangen. Dann senkte er den Kopf, und seine Lippen streiften ihre.

Sein erster Kuß war leicht und testend. Der zweite fordernder. Ria rang nach Luft und drehte hastig den Kopf weg.

»Es tut mir leid«, entschuldigte er sich. »Ich hatte kein Recht, das zu tun. Es ist nur, daß . . . verdammt, ich wollte Sie küssen!«

»Sie brauchen sich nicht zu entschuldigen.« Ihre Stimme war leise und unsicher. »Heute ist Heiligabend.«

»In diesem Fall . . .«

Er küßte sie wieder. Diesmal öffneten sich seine Lippen über ihren, und seine Zunge tastete sich in ihren Mund vor.

»Du hattest recht, Ria«, flüsterte er an ihren Lippen. »Es ist, wie du es vorhin gesagt hast. Es geht nichts über das Echte, und das pur.«

Er zog sie an sich, streifte den Pelz von ihren Schultern und warf ihn beiseite. Er landete auf der Couch, ein paar Schritte entfernt, während Taylor begann, Rias Körper zu erforschen. Seine Hände wanderten neugierig und eifrig über ihren Rücken, ihre Hüften, ihre Oberschenkel.

Sie stieß einen überraschten Laut aus, als er seine Hände auf die Rundungen ihres Pos legte und sie an sich preßte. Taylor nahm die Hände nicht weg, hob aber den Kopf und schaute Ria an, die unwillkürlich die Lippen geöffnet hatte und heftig atmete. Sie öffnete die Augen und begegnete seinem fragenden Blick. Dann seufzte sie und schmiegte sich von selbst an ihn.

Sie stöhnten beide vor Lust und Verlangen, als Taylor sie so fest an sich zog, daß sie seine Erregung spüren konnte. Während sie sich hungrig küßten, streifte er seine Anzugjacke ab.

Ria dachte, daß seine Weste mindestens hundert Knöpfe haben mußte, denn es dauerte so lange, bis er auch dieses Kleidungsstück hinter sich schmiß. Doch dann spürte sie endlich seine warme Haut durch die dünne Seide seines Hemdes.

Dann legte er die Hände auf Rias Haut und schob ihr langsam das Kleid von den Schultern. Seine Fingerspitzen glitten ihren Hals hinunter und über ihr Schlüsselbein. Sie warf den Kopf zurück, und er küßte ihren Hals. Sein Mund war offen, heiß, besitzergreifend.

Ria tastete nach den Knöpfen seines Hemds, nachdem sie es aus seinem Hosenbund gezogen hatte. Als alle offen waren, fuhr sie mit den Fingern durch die Haare auf seiner Brust.

Er griff um sie herum und zog den Reißverschluß ihres Kleids herunter. Das Oberteil fiel auf ihre Hüften. Sie trug nichts darunter und hob unwillkürlich die Hände, um sich zu bedecken, doch Taylor zog ihre Hände sanft weg.

»Nein, bitte«, flüsterte er. »Du bist wunderschön.«

Fasziniert verfolgte er die Bewegung ihrer vollen Brüste, als sie die Arme aus den engen Ärmeln zog. Er legte die Hände leicht auf die Außenseiten ihrer Brüste und strich dann die Unterseiten ihrer Arme entlang bis zu den Handgelenken. Er hob ihre Hände hoch und legte sie um seinen Nacken.

Er zog Ria an sich und hielt sie, Haut an Haut. Für einen Moment war das genug. Doch dann wurden ihre lustvollen Seufzer rauh vor Verlangen. Taylor streichelte ihre Brüste und fuhr mit den Daumen über die harten Brustwarzen. Dann senkte er den Kopf, nahm eine Spitze in den Mund und saugte daran.

Ria glaubte, ihre Erregung kaum noch ertragen zu können. Als er ihren Gürtel öffnete und ihr das Kleid über die Hütten schob, war das einzige, was sie störte, daß er es nicht schnell genug tat. Sie stieg aus dem Stück Stoff um ihre Füße, nur mit schwarzen Strapsen, einem schwarzen Slip und schwarzen Seidenstrümpfen bekleidet.

Taylor fluchte leise. »Ich muß verdammt sehr, sehr brav gewesen sein, daß ich so ein Geschenk bekomme.« Er vergrub die Finger in ihrem Haar und preßte den Mund zu einem langen Kuß auf ihre Lippen. Dann hob er Ria hoch und trug sie zur Couch hinüber. Während er beobachtete, wie sie sich auf dem Pelzmantel zurücklegte, entledigte er sich rasch seiner Kleidung. Nackt kam er zu ihr auf die Couch und streckte sich neben ihr aus.

»Es ist nicht zu übersehen, daß ich dich will.« Er ließ die Hand in ihren Slip gleiten. »Willst du mich auch, Ria?« Ihr Körper sagte ja. Seine Finger tauchten in das feuchte Zentrum ihrer Weiblichkeit und fühlten, daß sie bereit war. Aber er wollte die Worte aus ihrem Mund hören. »Sag es mir!«

»Ja, ich will dich auch!«

Er kam zwischen ihre Schenkel, und sie schlang die Arme um seinen Nacken. Ihre Lippen trafen sich genau in dem Moment, als er tief in sie eindrang.

2

»Wie ist das passiert?« fragte Taylor stirnrunzelnd.

»Hat Ihr Vater nie ein ›Von-Mann-zu-Mann-Gespräch‹ über die Vögel und die Bienen mit Ihnen geführt?« fragte Ria zuckersüß. Die Falten auf Taylors Stirn vertieften sich. »Wenn ja, dann sollten Sie wissen, wie es passiert ist.«

Es war erst Minuten her, seit Ria Lavender durch die Tür von Taylors Büro gekommen war und ihn mit dieser unglaublichen Neuigkeit konfrontiert hatte, aber es kam Taylor wie eine Ewigkeit vor. Ria hatte sich gesetzt, und die Spannung zwischen ihnen war fast ins Unerträgliche gewachsen.

»Ich meinte, warum haben Sie kein Verhütungsmittel benutzt?« fragte er knapp. Seine Lippen waren zu einem schmalen Strich zusammengepreßt.

»Warum haben *Sie* keins benutzt?«

»Ich tue es normalerweise. Ich lese Zeitung, ich beachte die Warnungen.«

»Eine Panne Ihrerseits, schätze ich.«

»Ich habe es als selbstverständlich vorausgesetzt, daß jede halbwegs intelligente Frau, die in diesem Zeitalter der sexuellen Freizügigkeit sexuell aktiv ist, irgendeine Art von Verhütungsmittel benutzt.«

Rias Augen verengten sich. »Erstens«, gab sie zurück, wobei sie den Zeigefinger hochhielt, »bin ich nicht so sexuell aktiv, wie Sie es andeuten. Ich weiß nicht, was Heiligabend mit mir los war. Wahrscheinlich zuviel Champagner. Aber ich habe es mir nicht zur Gewohnheit gemacht, fremde Männer mit zu mir nach Hause ins Bett zu nehmen, damit das klar ist.

Zweitens.« Sie hielt den nächsten Finger hoch. »Meine Gesundheit ist mir zu wichtig, um sie durch die Einnahme oraler Kontrazeptiva zu gefährden. Und drittens« – der dritte Finger schnellte hoch – »sollten Sie bei mir niemals etwas als selbstverständlich voraussetzen!«

Taylor stand fluchend von seinem Schreibtischsessel auf und trat ans Fenster. Die zu Fäusten geballten Hände hatte er in die Hosentaschen geschoben, und seiner ganzen Haltung merkte man seine Anspannung an. Er betrachtete die Frau vor seinem Schreibtisch mit düsterem Blick.

Ihre Schwangerschaft war nicht die einzige Falle, die sie hatte zuschnappen lassen, was ihn betraf. Ein Blick auf sie hatte genügt, und er sah sich wieder mit ihr auf jenem Sofa, hörte wieder die lustvollen kleinen

Schreie, die sie ausgestoßen hatte, als sie zum Höhepunkt gekommen war.

Er wünschte, er könnte diese quälend-süßen Erinnerungen einfach abschalten. Er wünschte, seine Augen würden sich vor diesem Bild verschließen.

Es war jetzt schon acht Wochen her, doch er konnte sich immer noch lebhaft daran erinnern, wie sie sich unter ihm angefühlt, wie sie sich in seine Arme geschmiegt hatte, als er ihren Pelz über sie beide zog und sie dann eingeschlafen waren.

Wie oft hatte er in der Erinnerung gelächelt, wenn er dachte, daß auch ein Höhlenmensch so mit seiner Frau geschlafen hatte: nackt unter einem Stapel dicker Felle. Dies war eine Gewohnheit, die der Homo sapiens durchaus hätte beibehalten sollen.

Auch wenn Ria heute ein streng geschnittenes, dunkelblaues Kostüm trug, wirkte sie immer noch verführerisch. Taylor fragte sich unwillkürlich, ob sie auch darunter so verführerische Unterwäsche trug wie am Weihnachtsabend. Er würde sein neues Bürgermeister-Büro darauf verwetten, daß ihre Haut immer noch so weich und warm war.

Und obwohl sie ihr Haar zu einem strengen Knoten zusammengebunden hatte, konnte er beinahe spüren, wie es weich und seidig durch seine Finger glitt.

Er war sogar plötzlich ganz aufgeregt geworden, als er hörte, daß sie mit ihm sprechen wollte. Wie ein dummer Junge, der zum erstenmal mit einem Mädchen geschlafen hat, hatte er ganz weiche Knie bekommen, als seine Sekretärin ihm über das Sprechgerät mitgeteilt hatte, daß eine Miss Ria Lavender gekommen sei, um ihn zu sehen.

Ja, er hatte sich darauf gefreut, sie wiederzusehen,

und er war neugierig gewesen, warum sie plötzlich wieder Kontakt zu ihm aufnehmen wollte. Er hatte gehofft, daß sie nicht aus rein geschäftlichen Gründen gekommen war.

Doch er hatte versucht, seinen Optimismus zu dämpfen und seine Erwartungen herunterzuschrauben, indem er sich einzureden versuchte, daß sie sich nur herbemüht hatte, um seine Unterstützung bei einem ihrer Bauprojekte zu suchen. Und dennoch war es ihm nicht gelungen, seine Aufregung zu unterdrücken.

Und dann hatte sie ihn mit diesem einen Satz: »Ich bin schwanger!« genau zwischen die Augen getroffen.

Es war einfach nicht möglich. So etwas passierte einem erwachsenen Mann nicht. Einem dummen, unerfahrenen Jungen, ja, aber nicht etwa einem zukünftigen Bürgermeister. Es war entweder ein schlechter Scherz, oder sie bezweckte etwas ganz Bestimmtes mit ihrer Behauptung.

Er schaute Ria mißtrauisch an. Was genau führte diese Frau im Schilde? Er wußte es noch nicht. Vorläufig mußte er Zeit gewinnen und versuchen, es herauszufinden.

»Sind Sie sicher, daß Sie schwanger sind?«

Ria schlug ungeduldig ihre seidenbestrumpften Beine übereinander. »Ja.«

»Aufgrund einer verspäteten Periode?«

»Aufgrund eines sehr zuverlässigen und wissenschaftlich fundierten Erkennungstests in der Praxis meines Gynäkologen gestern morgen«, erwiderte sie gereizt. »Ich bin schwanger, Mr. MacKensie, und Sie sind der Vater.«

Er schien plötzlich nachdenklich. »Schon merkwürdig, wie wir uns kennengelernt haben, nicht wahr?« sagte er.

Sie zog überrascht die Brauen hoch. »Dazu sind Cocktailpartys doch da, daß sich Leute kennenlernen, meine ich. Was haben die Umstände, wie wir uns kennengelernt haben, überhaupt mit meiner Schwangerschaft zu tun?«

»Vielleicht nichts. Vielleicht alles.«

»Ich wünschte, Sie würden zur Sache kommen.«

»Also schön.« Er hielt einen Augenblick inne. »Ich habe mir eine Menge Feinde bei dieser jüngsten Wahl gemacht. Meine Gegner wollten mich unbedingt als Verlierer sehen, aber sie wurden enttäuscht. Ich gewann. Aber bis zu meiner Vereidigung dauert es noch ein paar Monate. Nehmen wir mal an, ganz hypothetisch, daß meine Feinde nach einem Weg suchen, mich zu diskreditieren. Wo bin ich am verwundbarsten?«

»Sind Sie immer so paranoid?«

Taylor ignorierte ihre Bemerkung und setzte seinen Gedankengang fort. »Ich bin unverheiratet. Bleeker ist seit über dreißig Jahren mit derselben Frau verheiratet und hat acht Kinder und fünfzehn Enkelkinder. Er ist der Inbegriff des ehrbaren Familienvaters. Niemand hätte auch nur daran gedacht, während des Wahlkampfs in seinem Privatleben herumzuschnüffeln.«

Er nickte, wie um sich selbst etwas zu bestätigen. »Ich dagegen bin dreißig Jahre jünger und unverheiratet. Ich führe eine Frau zum Essen aus und *Bingo*« – er klatschte in die Hände – »alle fangen sofort an zu spekulieren, was wir zusammen im Bett machen.«

Ria schnippte einen imaginären Fussel von ihrem Rock und blickte übertrieben betont auf ihre Uhr. »Ich nehme an, Sie wollen auf etwas Bestimmtes hinaus. Wenn nicht, sollten Sie wissen, daß mich einzig und allein interessiert, was Sie mit *mir* im Bett gemacht haben, und das auch nur, weil es nicht ohne Folgen geblieben ist.«

»Ich will allerdings auf etwas Bestimmtes hinaus.« Er setzte sich auf die Schreibtischkante und stellte einen Fuß auf den Boden, während er den anderen müßig hin und her schwang. Er verschränkte die Hände über dem Knie, beugte sich vor und schaute Ria direkt an. Mitten in die grünen Augen, die, wie er bemerkte, von geradezu unglaublich langen, sanft gebogenen Wimpern umgeben waren.

»Ich glaube nicht, daß wir uns zufällig begegnet sind, Miss Lavender. Ich glaube, daß Sie von meinen Feinden bezahlt wurden, um mich auf die schlimmstmögliche Weise zu kompromittieren.«

»Sind Sie verrückt?«

»Das ist es doch, oder?«

Sie schüttelte ungläubig den Kopf. »Sie haben doch *gewonnen*, Sie Narr. Wenn dies ein politisches Komplott wäre, wäre es in dem Augenblick gescheitert, als das Wahlergebnis bekannt wurde.«

»Ich habe mein Amt noch nicht angetreten. Gäbe es einen besseren Weg, um mich zu ruinieren, als eine schwangere Frau zu präsentieren, die behauptet, daß ich der Vater ihres Kindes bin? Bleeker würde fordern . . .« Er brach ab, als Ria zu lachen begann.

»Wenn ich ein Saboteur wäre, was ich ganz sicher *nicht* bin, hätte ich mir etwas einfallen lassen, das nicht so unangenehme Folgen für mich selbst hat. Oder glauben Sie, es macht mir Spaß, mich jeden Morgen übergeben zu müssen und abends so müde zu sein, daß ich mich kaum dazu aufraffen kann, mir die Haare zu bürsten?«

Ria wurde immer zorniger, als sie richtig begriff, was er mit seinen Bemerkungen angedeutet hatte. »Ich wollte genausowenig, daß dies passiert, wie Sie. Es kommt mir äußerst ungelegen, ausgerechnet jetzt ein Baby zu bekommen. Ich habe einen Beruf, Mr. MacKensie. Ich bin eine erfolgreiche und vielbeschäftigte Architektin, und ich kann es mir nicht leisten, ausgerechnet jetzt auszufallen, wo meine Termine auf Monate hinaus ausgebucht sind.«

»Pech für Sie! Aber das bestärkt mich nur in meinem Argument. Wenn Sie durch die Betten springen, sollten Sie irgendeine Methode der Verhütung praktizieren«, hielt er ihr vor.

Ihr Gesicht wurde weiß vor Wut. »Ich springe nicht durch Betten.«

»Nein? Nun meine Erfahrung mit Ihnen sagt mir etwas anderes. Was haben Sie gemacht, meinen Namen aus einem Hut gezogen? Habe ich das kurze Streichholz erwischt? Bin ich so zu der . . . nun, Ehre gekommen, zum Papi in spe ernannt zu werden?«

»Sie Mistkerl!«

»Was erwarten Sie von mir? Daß ich vor Ihnen auf die Knie falle und mich dafür bedanke, daß Sie angeblich ein Kind von mir bekommen?«

»Werden Sie mich jetzt zu Ende anhören oder nicht?«

»Nein.« Er zeigte auf ihren Bauch und schrie wütend: »Wer weiß, wer der Vater Ihres Kindes ist! Vielleicht der Briefträger!«

Ria klemmte sich die Handtasche unter den Arm, erhob sich ruhig aus ihrem Sessel und ging zur Tür.

Die Hand auf dem Türgriff, drehte sie sich noch einmal um. »Ich wünschte, es wäre der Briefträger. Jeder, von mir aus, nur nicht Sie.«

»Darf ich hereinkommen?« fragte Taylor höflich. Wenn er einen Hut gehabt hätte, hätte er ihn in der Hand gehalten, dessen war Ria sich sicher.

»Nein«, entgegnete sie.

»Bitte!«

»Warum?«

»Ich möchte mit Ihnen reden.«

»Und mir noch mehr häßliche Anschuldigungen an den Kopf werfen? Nein, danke, Mr. MacKensie.« Ria wollte die Tür schließen, doch er streckte die Hand aus und hielt sie fest.

Ria betrachtete ihn genauer. Was sie sah, verschaffte ihr ein gewisses Gefühl der Genugtuung. Seinem Aussehen nach zu urteilen hatte er einen höllischen Tag gehabt. Sein Haar war zerzaust. Seine Krawatte war gelockert, und der oberste Hemdknopf stand offen. Er hielt seine Anzugjacke an einem Finger über der Schulter, und er sah müde und abgespannt aus. Bei einem Mann, der eine knallharte und heiße Wahlkampagne durchgestanden hatte, ohne daß ihm das auch nur eine weitere Falte eingebracht hätte, war das ein sicheres Anzeichen, daß ihn etwas zutiefst erschüttert haben mußte.

Tja, Pech für ihn, dachte Ria. Sie würde kein Mitleid an ihn verschwenden, nicht nach all den häßlichen Dingen, die er zu ihr gesagt hatte.

»Bitte, lassen Sie mich in Ruhe und gehen Sie! Vergessen Sie alles, was ich heute morgen gesagt habe!«

»Das kann ich nicht.«

»Ich hätte es Ihnen nie sagen sollen.«

»Natürlich hätten Sie das.«

Ria verlagerte ärgerlich ihr Gewicht von einem Fuß auf den anderen, ohne den Eingang freizugeben. »Muß ich Sie daran erinnern, Mr. MacKensie, daß Sie die Neuigkeit nicht gerade gut aufgenommen haben? Sie waren beleidigend und gemein.«

»Das ist einer der Gründe, warum ich hier bin, um mich für meine Reaktion zu entschuldigen. Ich . . . ich möchte Sie um eins bitten.«

»Um was?« fragte sie vorsichtig.

»Darum, daß Sie versuchen, meine erste Reaktion vielleicht ein kleines bißchen zu verstehen.«

Seine Augen waren von einem unglaublich intensiven Blau, und dieses Blau stand im scharfen Kontrast zu seinen dunklen Haaren und seinem gebräunten Gesicht.

Sie senkte den Blick zu seiner Brust – aber das war auch nicht gut. Es weckte zu viele Erinnerungen. Hatte sie an diesem schrecklich-schönen Weihnachtsabend wirklich gar nicht schnell genug sein Hemd aufknöpfen können, um endlich seine Haut zu spüren? Jetzt jedenfalls, in diesem Augenblick, konnte sie sich nicht mehr vorstellen, daß sie ihn berühren wollte.

Sie räusperte sich unbehaglich. Sie beschloß, daß sie wenigstens soviel Höflichkeit aufbringen sollte, um seine Entschuldigung anzunehmen. »Ich nehme an, daß das, was ich Ihnen zu sagen hatte, ein ziemlicher Schock für Sie gewesen sein muß.«

»Würden Sie mich jetzt vielleicht hereinlassen, Ria?« fragte er leise.

Vielleicht war es, weil er sie mit ihrem Vornamen

anredete. Sie konnte es sich hinterher selbst nicht erklären. Aber aus welchem Grund auch immer, sie trat zur Seite und ließ ihn ein. Sie schloß die Tür hinter ihm, und sie waren allein.

Der Raum hatte sich verändert. Er war erfüllt vom goldenen Licht der Nachmittagssonne anstatt vom Schein eines flackernden Kaminfeuers. Vor dem Kamin stand jetzt ein Gummibaum mit Blättern so groß und flach wie Platzdeckchen, und dort, wo der Weihnachtsbaum gestanden hatte, sah Taylor jetzt eine üppige Birkenfeige.

»Sie scheinen eine Hand für Pflanzen zu haben«, bemerkte er.

Ria nickte leicht und zeigte auf einen Sessel. Sie selbst nahm in einem Schaukelstuhl Platz. Sowohl sie als auch ihr Besuch mieden die Couch und schauten an ihr vorbei, als ob sie nicht da wäre. Der Raum möchte sich verändert haben, aber die Atmosphäre war immer noch erfüllt von lebhaften und beunruhigenden Erinnerungen an eine verschneite Nacht vor acht Wochen.

»Möchten Sie etwas trinken?«

»Nicht, wenn das alles ist, was Sie da haben.« Er deutete mit dem Kopf auf das Glas, das auf dem kleinen Tisch neben dem Schaukelstuhl stand. »Was ist das eigentlich?«

»Alka-Seltzer.«

»Sind Sie krank?«

»Ich habe es jeden Nachmittag am Magen.«

»Ach so.«

»Ich kann Ihnen einen Saft holen«, bot Ria ihm an. »Oder etwas Stärkeres.«

»Nein, danke.«

Irgendwo tickte eine Uhr; überlaut, wie es schien. Der Schaukelstuhl quietschte jedesmal leise, wenn er sich vor und zurück bewegte. Sooft sich Rias und Taylors Blicke trafen, schauten sie schuldbewußt wieder weg, wie Kinder, die am Tag zuvor beim Doktorspielen erwischt worden waren.

Ria wünschte sich, sie hätte nicht die Kleidung gewechselt und statt des strengen blauen Kostüms die alte Jeans und ein T-Shirt angezogen. Sie wünschte, sie würde einen BH tragen. Sie wünschte, sie hätte Schuhe an. Sie wußte, daß sie diesem Mann gegenüber einen schweren Stand haben würde – und nackte Füße waren da nicht unbedingt die geeignete Basis! Ihre Haare waren eine Katastrophe. Nachdem sie den Knoten gelöst hatte,hatte sie sie nur ausgeschüttelt. Sie hingen ihr ungekämmt und ungezähmt über die Schultern.

Sie wußte, daß ihr die Belastung und der Streß der vergangenen vierundzwanzig Stunden deutlich am Gesicht abzulesen waren. Sie hatte in der letzten Zeit nicht viel von ihrem Essen bei sich behalten können. Ihre Wangen wirkten eingefallen. Sie konnte soviel Abdeckcreme auflegen, wie sie wollte, es würde doch nicht genügen, um die dunklen Schatten unter ihren Augen zu verdecken. In der vergangenen Nacht hatte sie überhaupt nicht geschlafen, sondern nur über ihr Dilemma nachgegrübelt und sich überlegt, was sie am nächsten Morgen zu Bürgermeister MacKensie sagen würde.

Schließlich hatte sie beschlossen, keine unnützen Worte zu verschwenden, sondern ehrlich und direkt zur Sache zu kommen. Und was hatte sie von ihrer Ehrlichkeit gehabt? Er war zornig geworden. Er hatte sie verdächtigt. Er hatte sie verachtet.

»Wie lange wohnen Sie schon hier?« fragte Taylor in ihre Gedanken hinein.

»Fast drei Jahre. Seit ich bei *Bishop & Harvey* angefangen habe.«

»Es ist ein hübsches Haus.«

»Danke.«

»Gemütlich.«

»Danke.«

»Haben Sie es selbst eingerichtet?«

»Ja.«

»Dies ist eine gute Gegend.«

»Die Stadt sorgt dafür, daß der Müll abgeholt wird und die Straßen in Schuß gehalten werden«, erwiderte sie und lächelte schief.

»Ah, ja, freut mich, das zu hören.« Sein Lächeln wirkte genauso gequält wie ihres. »Heute kam es mir fast so vor, als hätten wir schon Frühling.«

»Ja. Ich habe schon die ersten Osterglocken blühen sehen.«

Taylor saß auf der Kante seines Sessels, die Knie weit gespreizt, starrte auf den Holzfußboden zwischen seinen Füßen und räusperte sich. Wie nervös er war, merkte man daran, wie er ständig die Finger verschränkte. »Wann . . . wann haben Sie das mit dem . . . mit dem . . . mit dem Baby gemerkt?«

Nach allem, was sie über Taylor MacKensie gehört und über ihn gelesen hatte und was sie aus ihren wenigen eigenen Erfahrungen wußte, war es völlig untypisch für ihn, zu stottern. Normalerweise war seine Stimme im Sitzungssaal des Rathauses klar und deutlich zu hören, wenn er redegewandt und auf intelligente Weise dem Rat ein Thema vortrug.

Seine Wahlkampfreden waren bestimmt, amüsant

und mitreißend gewesen. Noch nie war es einem Reporter gelungen, mochten die Fragen auch noch so knallhart oder kompliziert sein, ihn aus der Fassung zu bringen. Noch nie war er dabei um Worte verlegen gewesen.

Es tat ihr gut zu sehen, daß er sich nun so unbehaglich fühlte, wie auch sie sich am Morgen gefühlt hatte, als sie vor seinem Büro stand. Nichts hätte schlimmer sein können als ihre Empfindungen, als sie durch jene Tür gegangen war und sein Büro betreten hatte. Zum ersten Mal seit dem Weihnachtsmorgen hatte sie ihn wiedergesehen. Das, was sie ihm sagen mußte, hatte wie ein zentnerschweres Gewicht auf ihr gelastet.

»Wann ich es gemerkt habe?« Ria vermied es, ihn anzusehen. »Als ich meine Periode nicht bekam«, antwortete sie.

Er rutschte unruhig auf der Sesselkante herum. »Ich habe gehört, das kann schon mal passieren.«

»Das stimmt. Aber nicht bei mir. Ich kann die Uhr danach stellen.«

Diesmal war es Ria, die sich räusperte. Es machte sie verlegen, mit diesem Fremden über so persönliche Dinge zu sprechen. Fremder? Doch, im Grunde war er ein Fremder für sie. Was wußte sie schon über ihn? Daß er gut aussah. Daß er eine Champagnerflasche richtig öffnen konnte. Daß er ein guter Fahrer auf verschneiten Straßen war. Und daß er eine Frau verführen konnte.

Sie begann noch einmal. »Ich fing an, mich krank zu fühlen . . . nun ja, nicht richtig krank, eher irgendwie unwohl. Die üblichen Symptome.«

»Zum Beispiel?«

»Übelkeit. Nervosität. Spannende . . .«

Er legte fragend den Kopf schief. »Spannende . . .?«

»Brüste«, murmelte sie.

»Oh.« Er schaute auf ihren Busen. Viel zu lange, wie Ria fand. »Es tut mir leid.«

Ria verschränkte die Arme über dem Bauch und wünschte, sie könnte die Hände auf die rüste legen, damit er nicht sah, wie sich ihre Brustwarzen aufstellten. »Sie kennen die Symptome«, sagte sie knapp.

Taylor sah völlig verblüfft aus. »Ja, ich schätze schon.«

»Dann bekam ich letzten Monat meine Periode wieder nicht. Schließlich ging ich gestern zum Arzt, und er bestätigte meine eigene Diagnose. Ich bin für den sechsundzwanzigsten September ausgerechnet.«

Er atmete tief aus. Das kam einem Schuldspruch gleich. »Ich schätze, das paßt.«

»Es hat nie einen Zweifel gegeben, wer der Vater des Kindes ist, egal was Sie über mein Sexleben denken mögen, Mr. MacKensie.«

»Sag Taylor, okay?« meinte er gereizt.

»Ungeachtet deiner Erfahrung mit mir, auf die du so ungalant anspielst«, gab sie ebenso gereizt zurück, »springe ich nicht durch die Betten.«

»Entschuldige, daß ich das gesagt habe! Es war nicht richtig von mir.«

Ihr Zornesausbruch hatte sie erschöpft. Ihre Schultern sackten herunter, und sie lehnte müde den Kopf zurück. »Ich nehme an, du hattest allen Grund, so zu denken.« Ihr leises Lachen war bitter und voll Selbstverachtung. »Nach dem, was Heiligabend passiert ist, mußt du ja annehmen, daß ich mit jedem ins Bett gehe. Große Mühe hattest du ja nicht mit mir.«

»Sag das nicht!«

»Nun, stimmt es nicht?« Sie hob den Kopf und blickte ihn direkt an.

»Das habe ich nie gedacht. Weder damals noch jetzt«, versicherte er.

»Du hast es heute morgen gedacht.«

Er seufzte und fuhr sich müde durch das Gesicht. »Wir bewegen uns im Kreis und kommen nicht weiter.« Einen Moment lang hielt er ihren Blick fest. »Sieh mal, ich glaube wirklich nicht, daß du leicht zu haben bist. Dann wäre ich es nämlich auch. Und ich habe sicher mehr herumgespielt als du.«

Er schwieg einen Moment. »Laß uns bitte mit all den Vorwürfen aufhören, ob sie nun von dir oder von mir gekommen sind. Laß uns lieber überlegen, wie es weitergehen soll.« Als Ria nickte, fuhr er fort. »Was ist mit deinem Freund, von dem du mir erzählt hast? Der mit der Mutter in Florida.«

»Du meinst Guy.« Sie war überrascht, daß er sich an die Einzelheiten erinnerte. »Guy Patterson. Er arbeitet in der gleichen Firma wie ich.«

»Hast du es ihm schon gesagt?«

»Ja. Unmittelbar nachdem ich es dir gesagt hatte. Ich fand, daß ich ihm das schuldig war.«

»Und?«

Guy Patterson hatte die Nachricht von ihrer Schwangerschaft nicht besser aufgenommen als Taylor. Im Gegenteil. Er war regelrecht ausfallend geworden und hatte sie mit Ausdrücken beschimpft, die selbst Taylor nicht in den Mund genommen hatte.

»Die Sache mit Guy hat sich erledigt«, antwortete sie ohne nähere Erklärung. »Wir haben nichts mehr miteinander zu tun.«

Im Grunde war sie sogar erleichtert, daß Guy nun

aus ihrem Leben verschwunden war. Er war fünfzehn Jahre älter als sie und ein eher steifer Typ. Sie hatte seine beschränkten, konservativen Ideen satt. Ihre Unterhaltungen waren tödlich langweilig, denn er brachte das Gespräch stets nur auf solche Themen, die ihn interessierten. Wenn sie es recht betrachtete, dann war Guy eine zimperliche alte Jungfer, kein Mensch, mit dem man Spaß haben konnte.

Sie hatte sich nur deshalb mit ihm verabredet, weil es keinen besseren Kandidaten gegeben hatte. Sie hätte normalerweise nicht diesen drastischen Weg gewählt, um mit ihm Schluß zu machen, aber sie war heilfroh, daß der Bruch zwischen ihnen nie mehr zu kitten sein würde.

»Du hättest das Kind als seines ausgeben können«, meinte Taylor zögernd. »Warum hast du es nicht getan?«

»Das hätte ich nie getan«, erwiderte Ria entrüstet. »Deine Meinung von mir scheint noch geringer zu sein, als ich bisher gedacht habe.«

»Schon gut, tut mir leid.«

»Außerdem hätte ich ihm das Kind nicht unterschieben können, selbst wenn ich es gewollt hätte. Guy hatte vor Jahren eine Vasektomie.«

Er hatte kein Geheimnis daraus gemacht. Als aus ihrem Verhältnis mehr geworden war als nur Freundschaft unter Arbeitskollegen, hatte er Ria gesagt, daß er eine Heirat vielleicht in Erwägung ziehen würde, aber Kinder kämen nicht in Frage. Es gab noch einen anderen Grund, warum Guy unmöglich der Vater ihres Kindes sein konnte, doch sie würde Mr. MacKensie denken lassen, was er wollte.

»Ist dir das schon mal passiert?« fragte sie plötzlich.

»Du meinst, daß eine Frau ein Kind von mir bekommen hat? Nein. Was ist mit dir? Bist du schon einmal schwanger gewesen?«

»Nein.«

Sie überlegte, warum ihr der Gedanke, daß das alles auch für ihn ganz neu war, so gut gefiel. Es gab keine andere Erklärung außer der, daß es ihr mißfallen hätte zu wissen, daß sie nur eine unter anderen Unglücklichen war. Taylors Opfer.

Er betrachtete sie einen Moment lang prüfend, doch dann senkte er den Blick, bevor er fragte: »Bist du wegen finanzieller Unterstützung zu mir gekommen?«

»Finanzielle Unterstützung, wofür?«

»Für alle möglichen Dinge.«

»Zum Beispiel?«

»Abtreibung. Ist es das, was du vorhast?«

Ria drehte den Kopf und wandte ihm ihr Profil zu. Tränen schimmerten in ihren Augen. Sie glänzten im Licht der untergehenden Sonne, das durch das Fenster hereinfiel.

»Nein, Mr. Mac ... nein, Taylor. Ich finde, man sollte mit seinen Fehlern leben und sie nicht vertuschen.« Ihre Stimme klang bitter.

»Ich habe nur gefragt, weil der Zeitpunkt richtig ist. Ich weiß, daß diese ›Lösung‹ nur innerhalb eines bestimmten Zeitraums möglich ist.«

»Und du hältst diese ›Lösung‹ womöglich für die beste? Bevor du antwortest, sollte ich dich warnen, daß es eine rein rhetorische Frage ist. Eine Abtreibung kommt für mich nicht in Frage.« Sie drehte den Kopf und schaute ihn fast herausfordernd an. »Wofür sollte ich deiner Meinung nach sonst finanzielle Unterstützung von dir wollen?«

»Für die Kosten, die vor und nach der Geburt des Babys auf dich zukommen, zum Beispiel.«

»Ich verdiene sehr gut, und dann ist da noch die Provision, die ich bei jedem Auftrag bekomme. Vielen Dank, aber ich brauche dein Geld nicht, Taylor.« Sie stand aus dem Schaukelstuhl auf, nahm das Glas, das auf dem Tisch stand, und ging auf die Tür auf der anderen Seite des Raums zu.

Taylor folgte ihr. Ihre Küche war der reinste Dschungel. Überall standen Topfpflanzen herum. Er mußte ein Blatt zur Seite schieben, als er durch die Tür ging. Ria war gerade dabei, das Glas in einem Edelstahlbecken auszuspülen.

»Warum gehst du bei allem, was ich sage, sofort in die Luft?«

Sie fuhr herum und sah ihn an. »Weil ich alles, was du sagst, beleidigend finde.« Ihre Stimme wurde schrill. »Warum können wir uns nicht wie erwachsene Menschen benehmen und aufhören, uns gegenseitig Vorwürfe zu machen?«

»Entschuldige, aber es passiert nicht jeden Tag, daß eine Frau in mein Büro hereinplatzt und mir erklärt, daß sie ein Kind von mir bekommt«, erwiderte Taylor laut. »Du hattest Wochen Zeit, dich an den Gedanken zu gewöhnen. Für mich ist es neu. Du kannst nicht von mir erwarten, daß ich heute normal reagiere. Ich habe einen Schock bekommen.«

»Was meinst du, was ich habe!« schrie sie zurück. »Es ist nicht dein Körper, der all diese Veränderungen durchmacht, es ist meiner. Glaubst du, ich tue das alles mit einem Schulterzucken ab?«

Taylor atmete ein paarmal tief durch. »Ich verstehe dich ja«, gab er dann mit erzwungener Ruhe zurück.

»Du hast eine verdammt komische Art, das zu zeigen.«

»Ich sagte, es tut mir leid.«

»Dann hör auf mit solchen Anschuldigungen wie der, daß ich Geld aus dir herausholen wollte. Ich bin bereit, die Verantwortung zu tragen für das, was passiert ist. Warum bist du es nicht? Wir haben beide gleichermaßen Schuld an dieser Situation. Wir waren beide auf dieser Couch. Es hat uns beiden Spaß gemacht. Großen Spaß sogar . . .«

Entsetzt über das, was sie sich selbst sagen hörte, brach sie ab. Ihre Wangen brannten. Sie wandte ihm den Rücken zu. Sie war noch nie der Typ gewesen, der ständig rot wurde, und auch die Ereignisse an Heiligabend hatten sie nicht rot werden lassen. Es schien, als hätte sie ihr ganzes Leben aufs Rotwerden verzichtet, damit sie bei Taylor MacKensie um so öfter erröten konnte.

In ihren Ohren rauschte es. Ihr Mund war trocken, ihre Handflächen waren feucht. Das Rauschen in ihren Ohren wuchs an, es wurde so laut wie das Donnern der Wellen, die gegen den Strand krachten.

Sie brauchte eine Weile, um ihre Fassung zurückzugewinnen.

»Ich will damit nur sagen, daß ich bereit bin, die Verantwortung für das zu übernehmen, was ich in jener Nacht getan habe«, fuhr sie mit bebender Stimme fort. »Es wird nicht einfach für mich sein, ein Baby zu haben, aber es ist nun einmal passiert. Du kennst mich nicht sehr gut, sonst wüßtest du, daß eine Abtreibung für mich nie in Frage käme.« Sie schauderte allein bei dem Gedanken.

»Warum hast du mir überhaupt von dem Baby erzählt?« Taylors Frage schien ernst gemeint.

Verständnislos runzelte Ria die Stirn. »Du wolltest nicht wissen, daß du Vater wirst? Ich hielt es für meine moralische Pflicht, es dir zu sagen.«

»Das ist bewundernswert.«

»Aber es wäre dir lieber gewesen, wenn ich dich nicht damit belastet hätte«, antwortete sie mit einem humorlosen Lachen. »Wird es dem Skihäschen nicht gefallen?« fügte sie dann hinzu.

»Dem Skihäschen?«

»Die Frau, die sauer war, weil du nicht mit zum Skilaufen gefahren bist.«

»Lisa?«

Lisa. Ria hatte sich später gefragt, was Lisa wohl von Taylors Beschäftigung am Weihnachtsabend gedacht hätte. Ob sie eifersüchtig gewesen wäre? Oder hatte sie sich vielleicht zur selben Zeit gerade mit einem Skilehrer vergnügt? Waren sie so ›modern‹, daß sie sich sogar von ihren Eskapaden erzählten? Hatte er Lisa eine detaillierte Schilderung jener Nacht gegeben, vielleicht um sie damit anzuregen?

Bei diesem Gedanken wurde Ria schlecht. Sie preßte eine Hand auf ihren Magen und hielt die andere vor ihren Mund.

Taylor zuckte wie elektrisiert zusammen. »Was ist los?«

»Nichts.«

»Du hast doch was, verdammt noch mal!«

»Ich sagte doch, es ist nichts!«

»Du bist ja ganz grün im Gesicht!«

Sie holte tief Luft. »Mir ist nur ein bißchen komisch, das ist alles.«

»Setz dich!« Er riß einen Stuhl vom Tisch weg.

»Ich bin in Ordnung, wirklich.«

»Setz dich!« wiederholte er in einem Ton, der keinen Widerspruch duldete, und Ria gehorchte. Sie fühlte sich ohnehin zu schwach, um zu protestieren. Taylor zog einen zweiten Stuhl für sich selbst unter dem Tisch hervor. Er fuhr sich mit den Händen durch das Haar und fluchte, nachdem er sich gesetzt hatte. »Jag mir nicht noch mal so einen Schreck ein! Kann ich dir irgend etwas holen?«

»Nein.« Sie blickte zu ihm auf. Er schaute sie streng an. »Also gut. Einen Cracker. Das hilft manchmal, meinen Magen zu beruhigen.«

Sie sagte ihm, wo er eine Schachtel Cracker in der Vorratskammer finden konnte. Krümel verteilten sich über den ganzen Tisch, als er wenig später zwei Cracker aus ihrer Zellophanhülle zerrte, und die ganze Schachtel fiel vom Tisch auf den Boden, als Taylor sich wieder hinsetzte und dabei mit dem Bein gegen die Tischkante stieß. Ria begann zu lachen.

»Warum lachst du?« wollte er wissen.

»Für einen Mann, der so fachmännisch Champagnerflaschen entkorkt, bist du mit Crackern erstaunlich ungeschickt.«

Er lächelte gezwungen. »Nun, ich habe mit Flirts auf Partys mehr Erfahrung als mit Schwangeren«, erwiderte er.

Ria wurde sofort wieder ernst. Sie wischte Salz von ihren Händen, während sie leise antwortete: »Das kann ich mir denken.«

Es überraschte beide, als er über den Tisch griff und ihre Hände mit seinen bedeckte. »Bitte, vergiß, was ich eben gesagt habe! Es war eine völlig unpassende Bemerkung.«

Sie starrte auf seine Hände. Es waren gepflegte,

maskuline Hände. Ria hatte plötzlich ein flaues Gefühl im Magen, als sie sich erinnerte, wie diese Hände sie gestreichelt und die verborgensten Stellen ihres Körpers erforscht hatten.

Sie hob hastig den Kopf und schaute direkt in seine blauen Augen. »Hast du Lisa von mir erzählt?«

»Natürlich nicht.« Er zog die Hände abrupt von ihren zurück.

»Es wäre für mich auch sehr schlimm, wenn du ... wenn du ...«

Sie brach ab und fühlte sich den Tränen nahe, wie so oft in den vergangenen Wochen bei dem Gedanken, daß er und Lisa sich auf ihre Kosten amüsiert haben könnten.

»Ich gebe zu, daß ich mit vielen Frauen ausgehe, aber ich bin kein skrupelloser Schuft, Ria«, hörte sie Taylor sagen.

»Ich dachte später«, brachte sie leise hervor, »du hättest mich Heiligabend vielleicht dazu benutzt, Lisa eifersüchtig zu machen.«

»Wolltest du Guy eifersüchtig machen?«

»Solche Spiele spiele ich nicht.«

»Ich auch nicht.«

Sie war sicher, daß er die Wahrheit sagte. »Ich habe es niemandem erzählt.«

»Du mußtest es Guy sagen, als du ihm von dem Baby erzählt hast.«

»Ich habe nicht gesagt, wann es passiert ist, und ich habe auch deinen Namen nicht erwähnt. Siehst du sie noch?«

»Lisa? Ja.«

»Was wird sie von der Situation halten?«

»Es geht sie nichts an.«

Ria sah ihn entgeistert an. »Sie wird vielleicht anderer Meinung sein.«

»Nicht so, wie die Dinge zwischen uns stehen.«

Er hatte offensichtlich nicht die geringsten Gewissensbisse gehabt, am Heiligabend mit einer anderen Frau ins Bett zu gehen, und ebenso offensichtlich hatte es auch danach sein Gewissen nicht beschwert. Das zeigte doch deutlicher als alles andere, wie wenig ihm diese gemeinsame Nacht bedeutet hatte. Seine Haltung schmerzte Ria zutiefst.

»Nachdem wir uns nun unserer gemeinsamen Verantwortung für dieses Kind einig sind und Abtreibung als Alternative ausgeschlossen haben«, fuhr er schließlich fort, »was, schlägst du vor, sollen wir tun?«

»Ganz einfach«, antwortete Ria ruhig. »Sie werden mich heiraten, Mr. MacKensie.«

3

Nach einem langen, gespannten Schweigen räusperte sich Taylor. »Nun, das war eine klare Antwort auf eine klare Frage.«

»Ich sehe keine Veranlassung, um die Sache herumzureden.«

»Es geht doch nichts über ein offenes Wort«, erwiderte er spöttisch. Er ging zum Kühlschrank, holte eine Dose Bier heraus und riß sie auf. »Da du mir soeben einen Heiratsantrag gemacht hast, erlaube ich mir, ein Bier von dir zu trinken.«

»Bedien dich!«

»Danke.« Er prostete ihr mit der Dose zu. Dann trank er, wobei er Ria über den Dosenrand beobachtete. »Offenbar gehen unsere Ansichten über Heiligabend etwas auseinander.«

»Was meinst du?«

»Ich kann mich nicht erinnern, daß ich dich zu irgend etwas gezwungen habe. Du warst genauso scharf darauf, dich nackt auf diesem Pelzmantel auszustrecken, wie ich.«

»Du brauchst nicht vulgär zu werden.«

»Und du brauchst nicht auch noch scheinheilig zu tun.«

»Ich wollte nur, daß du weißt, was ich von dir erwarte.«

Er hatte Mühe, die Ruhe zu bewahren. »Du findest also, wir sollten heiraten, wie? Dann nenn mir einen vernünftigen Grund dafür.«

»Wie du gerade sagtest, wir waren beide scharf darauf . . .« Sie wandte den Blick ab. Dann, da sie nicht wollte, daß er ihre Verlegenheit für Schwäche hielt, schaute sie ihn wieder an. »Warum sollte ich also diese Verantwortung allein tragen?«

»Liest du nicht die *Cosmopolitan* oder ähnliche Zeitschriften? Es ist im Augenblick in, daß ledige Eltern, Frauen wie Männer, ihre Kinder allein großziehen«, meinte er ironisch.

»Ich habe vor, das Kind allein großzuziehen.«

Er hob die Bierdose hoch und betrachtete sie prüfend. »Das Zeug muß verdammt stark sein. Eben noch dachte ich, du hättest gesagt, du wolltest mich heiraten, und im nächsten Augenblick sagst du, du willst das Baby allein aufziehen.«

»Das ist kein Scherz!«

»Da hast du verdammt recht! Also würdest du bitte aufhören, in Rätseln zu sprechen?« Er knallte die Dose auf die Arbeitsplatte. »Was willst du nun, Ria? Willst du mich heiraten, oder willst du eine ledige Mutter bleiben?«

»Beides. Von mir aus können wir unsere Ehe annullieren lassen, sobald ich wieder aus dem Krankenhaus bin. Aber mein Baby wird ehelich sein und Vater und Mutter haben, wenn es zur Welt kommt.«

»Wenn du sofort danach eine Annullierung willst, warum willst du dir dann überhaupt die Mühe machen, diesen ganzen Formalitätenkram über dich ergehen zu lassen?«

Sie blickte ihn ungläubig an. »Ist das zuviel verlangt?«

»Nein, verdammt noch mal. Das meine ich nicht.« Er zeigte mit dem Finger auf ihren Schoß. »Glaubst du, ich würde meinem Kind den Rücken kehren? Glaubst du, es wäre mir gleichgültig?«

»Ich weiß nicht. Schließlich kenne ich dich nicht.«

»Offensichtlich nicht.« Er legte für einen Moment den Kopf zurück und holte tief Luft. »Ich habe nur versucht zu verstehen, warum du meinst, wir sollten heiraten, wenn du das Kind in Wirklichkeit allein großziehen willst.«

Ria stand auf und hantierte mit dem Rollo am Fenster. »Nenn es einen altmodischen Tick von mir.«

»Wie echte Weihnachtsbäume?«

Sie schaute ihn flüchtig über ihre Schulter an. »Ja. Wie das. Eltern sollten verheiratet sein, wenn ihr Kind geboren wird.«

Taylor trat hinter sie und legte die Hände auf ihre Schultern. Er drehte sie herum und legte eine Hand unter ihr Kinn. Ria hielt sich steif. Die Geste erinnerte sie zu sehr an jenen Abend, als er ihr gesagt hatte, sie hätte Schnee im Haar, und dann ihr Kinn zu ihrem ersten Kuß angehoben hatte. Sein Gesicht zeigte den gleichen zärtlichen Ausdruck wie damals.

»Versuch es noch mal, Ria! Sag mir, warum du willst, daß wir heiraten! Hast du religiöse Gründe?«

»Nein.«

»Hast du deinen Eltern schon von dem Baby erzählt? Üben sie Druck auf dich aus?«

»Beide Male: nein.«

»Also, warum? Denn das ist doch der eigentliche Grund, warum du heute in mein Büro gekommen bist: um mich zu fragen, ob ich dich heiraten will.«

»Um darauf zu bestehen, daß du mich heiratest«, verbesserte sie ihn.

»Glaubst du nicht, daß ich ein Recht darauf habe zu erfahren, welcher Grund hinter deiner Beharrlichkeit steckt?« Ria versuchte, sich aus seinem Griff zu lösen, aber er ließ es nicht zu. »Sag's mir, Ria!« bat er.

»Es spielt keine Rolle!«

»Und ob es eine Rolle spielt!« brauste er auf.

»Sieh mal, Taylor, ich weiß, daß du mich nicht liebst. Wir sind beide nicht verrückt vor Liebe nacheinander. Ich bin mir noch nicht einmal sicher, ob wir uns überhaupt mögen. Was zwischen uns passiert ist, war etwas rein Körperliches. Ein spontanes Aufeinander-Reagieren. Es war . . .« Sie zögerte einen Moment. »Es war nichts als Lust.«

Seine Augen funkelten. »Stimmt«, meinte er nur.

»Und nun bezahlen wir dafür«, fuhr sie fort.

»Vielleicht.«

»Ich finde nur, daß es nicht unser Kind sein sollte, das für unser Vergnügen büßen muß.«

»Ich auch.«

»Also, um seinetwillen ...«

»Ach, vergiß es!« unterbrach er sie grob. »Warum sollten wir heiraten?«

»Ich habe es dir doch schon ...«

»*Warum?*«

Sie zögerte einen Augenblick. »Weil ich selbst ein uneheliches Kind bin«, sagte sie dann, stieß sich wütend von ihm ab und floh ins Wohnzimmer. Als sie seine Schritte hinter sich hörte, fuhr sie herum. »Bist du jetzt zufrieden? Ich will nicht, daß mein Kind mit dem gleichen Makel aufwächst, mit dem ich großwerden mußte.«

»Du scheinst keinen bleibenden Schaden davongetragen zu haben«, erwiderte er ruhig.

»Dank zweier wundervoller Menschen, die mich adoptierten. Keine Angst, die Mutter deines Kindes ist keine Psychopathin! Dafür ist es mir auch zu gut gegangen. Ich wuchs geborgen auf in dem Bewußtsein, daß ich von Robert und Frida Lavender geliebt wurde.«

»Manche Kinder, die von ihren leiblichen Eltern großgezogen werden, haben nicht soviel Glück.«

»Das weiß ich«, antwortete Ria händeringend. »Ich danke Gott für Mom und Dad.« Sie holte bebend Luft. »Aber ich bin nie darüber hinweggekommen, daß irgend jemand mich nicht wollte. Zwei Menschen gaben mich weg, ließen mich im Stich, weil ich ein biologischer Unfall war. Sie wollten kein Baby zusammen machen.« Sie vermied es, ihn anzusehen. »Genausowenig wie wir es wollten.«

Taylor durchquerte den Raum und nahm sie bei den Händen. Er dirigierte sie zur Couch, setzte sich und zog Ria neben sich. »Du siehst erschöpft aus.«

»Ich meine es ernst, Taylor.« In ihrer Stimme schwang ein verzweifelter Unterton mit. »Ich will das meinem Baby nicht antun.«

Jetzt, wo die Wahrheit heraus war, gab Ria ihre Abwehrhaltung auf. Sie lehnte den Kopf zurück, holte tief Luft und zwang sich, sich zu entspannen.

Wie fast jeden Abend in den letzten Wochen wurde sie von einer Schläfrigkeit beschlichen, die es ihr schwer machte, die Augen aufzuhalten. Es vergingen ein paar Minuten, bevor ihr bewußt wurde, daß sie ihr tatsächlich zugefallen waren. Als Ria die Augen wieder aufschlug, sah sie, daß Taylor lächelte.

»Was ist los?«

»Ich mußte gerade denken, wie sehr doch der erste Eindruck täuschen kann.«

Sie runzelte die Stirn. »Was meinst du?«

»Nun, als ich dich das erstemal sah, hielt ich dich für eine Klassefrau, die phantastisch aussah und gern flirtete.«

»Und jetzt?«

»Und jetzt entdecke ich, daß Ria Lavender unter diesem mondänen Äußeren im Grunde ein altmodisches Mädchen ist. Sie hält an einem seltsamen, veralteten Moralkodex fest«, antwortete er.

»Machst du dich über mich lustig?«

»Im Gegenteil. Es soll ein Kompliment sein. Frauen mit so hohen Maßstäben sind heutzutage schwer zu finden

»Das sind sie nicht«, erwiderte Ria knapp. »Du hast nur nie nach ihnen gesucht.«

Er lachte. »Schuldig«, bekannte er. »Aber ich habe auch ein paar gute Eigenschaften. Wenn du mir die

Chance gegeben hättest, hätte ich dir zuerst einen Antrag gemacht.«

Ihre Lippen öffneten sich vor Erstaunen.

»Es ist wahr, Ria.« Taylor schob eine Haarsträhne hinter ihr Ohr. »Ich kam heute abend her, um dich zu bitten, mich zu heiraten. Wenigstens bis das Baby da ist.«

»Warum?«

Er machte ein überraschtes Gesicht. Dann lachte er wieder. »Aus genau den Gründen, die du vorhin angeführt hast. Ich glaube, du sagtest etwas davon, daß man zu seinen Fehlern stehen muß. Ich will nicht die ganze Verantwortung auf dich abwälzen und halte es auch für das beste, wenn wir heiraten.«

»Wenn du in diesen Dingen der gleichen Meinung bist wie ich, warum hast du dann vorhin auf stur gestellt?«

»Du hast mir Heiligabend eine gute Eigenschaft zugesprochen, nämlich die, daß ich mich nicht von irgend jemandem herumkommandieren lassen würde. Nun, als du anfingst, Forderungen zu stellen, ging ich auf Abwehr«, erklärte er.

»Dann habe ich also um etwas gekämpft, das du mir ohnehin gegeben hättest. Meine ganzen Erklärungen waren also überflüssig?«

»Ich finde nicht, daß sie überflüssig waren. Ich kenne dich jetzt besser; ich weiß, wie du denkst und fühlst.«

Sie sah ihn eine Weile schweigend an. »Nun, du bist mir immer noch ein Geheimnis.«

»Laß mich eins klarstellen«, meinte Taylor. »Du hältst mich offensichtlich für einen gewissenlosen Schuft, der keine Skrupel hätte, den Staat mit kleinen unehelichen MacKensies zu bevölkern.« Er lächelte, als sie schuldbewußt den Blick senkte. »Aber du irrst dich. Ich habe ein Gewissen und ein starkes Moralempfinden. Wie du gesagt hast, hatten wir beide unseren Spaß, und ich will nicht, daß du jetzt allein unter den Folgen zu leiden hast.«

»Ich brauche dein Mitleid nicht«, erwiderte Ria gereizt.

»Nun sei doch nicht so empfindlich. Fang nicht schon wieder an zu streiten, wo ich dich gerade beruhigt habe!«

Sie holte tief Luft. »Ich habe nicht an mich gedacht, als ich dir vorgeschlagen habe, daß wir heiraten. Ich denke dabei nur an das Kind.«

Taylor nickte. »Das tue ich auch. Es ist auch mein Kind. Ich habe ein persönliches Interesse an seiner Zukunft. Außerdem möchte ich meine legalen Ansprüche auf das Baby gesichert wissen. Was wesentlich schwieriger würde, wenn wir nicht verheiratet wären.«

»Du willst es also aus legalen Gründen.«

»Wir haben beide unsere Gründe.«

Ria schwieg einen Augenblick. »Also gut«, sagte sie schließlich. »Ich bin sicher, wir werden bei der Annullierung eine Lösung finden, was das Sorgerecht betrifft.«

»Wir reden schon von Annullierung und haben noch nicht einmal über die Hochzeit gesprochen.« Er lächelte sie an.

Sie erwiderte sein Lächeln. »Dazu ist noch Zeit genug. Es genügt, wenn wir eine Woche oder so heiraten, bevor das Baby zur Welt kommt.«

Sie wollte aufstehen, doch Taylor packte sie an

ihrem T-Shirt und hielt sie fest. »Ich habe eine Bedingung.«

Sie setzte sich wieder und schaute ihn mißtrauisch an. »Und die wäre?«

»Wir heiraten sofort. Morgen. Oder übermorgen. So schnell wie möglich.«

»Warum die Eile?«

»Weil es politisch katastrophale Folgen für mich haben würde, wenn meine Frau bereits ein paar Tage nach der Hochzeit ein Kind zur Welt bringt.«

»Aber dann bist du doch schon im Amt, und weder Bleeker noch sonst jemand kann dir dann noch schaden«, wandte sie ein.

»Ich werde im Amt sein, ja, aber glaubst du, die Leute haben noch Vertrauen in ihren Bürgermeister, wenn seine Moral in Frage gestellt ist?« Er schüttelte den Kopf. »Nein. Wir müssen verheiratet sein, lange bevor das Baby auf die Welt kommt.«

Er schaute auf ihren Bauch und legte impulsiv die Hand darauf. »Kaum zu glauben, hm? Daß da wirklich ein Baby drin ist, meine ich.«

Ria war überrascht über die Wirkung, die seine Berührung auf sie hatte. Ein Kribbeln breitete sich in ihrem Bauch aus, das nichts mit ihrer Schwangerschaft zu tun hatte.

»Jetzt, wo ich Zeit gehabt habe, darüber nachzudenken, gefällt mir der Gedanke irgendwie, daß mein Baby in dir heranwächst.« Er hob den Blick und schaute ihr tief in die Augen.

Plötzlich beugte er sich vor und küßte sie auf den Mund. Dann legte er den Kopf auf die Seite und küßte sie noch einmal. Diesmal waren seine Lippen geöffnet und drückten auch ihre leicht auseinander, während eine seiner Hände ihre Rippen hinaufglitt und sich auf eine Brust legte. Er strich mit dem Daumen über eine Spitze, und Ria stöhnte leise auf.

Taylor raunte ihren Namen, als der Kuß leidenschaftlicher wurde. Ria verlor sich ganz in diesem Kuß. Es gab nur noch Taylor MacKensie, die Wärme seines starken Körpers, den Geruch seiner Haut und seines Haars – genau wie am Heiligabend …

Sie rückte abrupt von ihm ab. »Nein. Taylor, wir können das nicht tun.«

Sein Atem ging heftig. »Warum nicht?« fragte er blinzelnd.

»Darum nicht!«

»Das ist wirklich ein guter Grund.«

»Ich habe auch eine Bedingung. Es wird keine Intimitäten zwischen uns geben.«

»Ich wünschte, das hättest du mir vor ein paar Minuten gesagt«, murmelte er.

Sie stand auf und strich ihr T-Shirt glatt. »Jede Art von emotionaler oder physischer Beziehung zwischen uns wird es nur noch härter machen.«

»*Es* kann unmöglich noch härter werden, als es im Augenblick ist.«

»Taylor!«

»Es war nur ein Scherz.« Er erhob sich umständlich. »Ich werde alles Nötige in die Wege leiten und dir Bescheid sagen.« Er ging zur Tür.

»Warte! Du kannst nicht gehen, bevor alles geklärt ist. Was sollen wir sagen, wenn die Leute fragen, warum wir nicht zusammenleben?«

»Sie werden nicht fragen. Das ist auch Teil meiner Bedingung. Die Ehe wird nicht nur auf dem Papier bestehen, was das angeht. Wir werden zusammenleben.«

»Was? Das geht nicht!« Sie sah ihn entsetzt an. »Ich wüßte auch gar nicht, wo wir dann leben sollten.«

»In meinem Haus.«

»Kommt nicht in Frage.«

Er hob abwehrend die Hände. »Ich bin nicht in der Verfassung für lange Diskussionen, Ria.«

»Wir müssen uns aber um die Sache kümmern und . . .«

»Und ich muß mich um den hier kümmern«, schrie er und zeigte nach unten. Rias Mund klappte zu, und Taylor nickte zufrieden. »Gut so. Ich muß nach Hause, eine kalte Dusche nehmen und versuchen, mich mit dem Gedanken anzufreunden, nur dem Namen nach mit einer schönen, sexy, schwangeren Lady verheiratet zu sein. Okay?« fragte er knapp. »Ich rufe dich an.«

»Fertig?«

»Ja.«

Taylor nickte beifällig, bevor er Ria in das Amtszimmer des Friedensrichters führte. Er hatte sich um alle Details gekümmert und einen Trauungstermin um sechs Uhr nachmittags arrangiert, damit keiner von ihnen beiden früher als sonst von der Arbeit hatte aufbrechen müssen.

Der Brautstrauß zitterte in Rias Händen, während sie vor dem Friedensrichter und seiner Sekretärin, die als Trauzeugin fungierte, das Eheversprechen wiederholte. Sie war überrascht, als Taylor einen schlichten Goldring aus seiner Brusttasche holte und ihn ihr ansteckte.

Und als ihm der Friedensrichter erlaubte, die Braut

zu küssen, machte Taylor ausgiebig von seinem Recht Gebrauch, um die beiden lächelnden Anwesenden davon zu überzeugen, daß dies eine Liebesheirat war. Der Kuß hätte fast sogar seine atemlose Braut davon überzeugen können, wenn ihr nicht ein letztes bißchen klaren Verstandes gesagt hätte, daß es nicht so war.

Sie verließen das Haus als Neuvermählte. Ria, die immer noch benommen war von seinem Kuß, brach das Schweigen als erste. »Du hättest dir keine Umstände wegen des Ringes zu machen brauchen.«

»Was ich mache, mache ich richtig«, gab er lächelnd zurück. Er half ihr in die Corvette. »Ich habe im ›La Fleur‹ einen Tisch reservieren lassen.«

Ria sah ihn überrascht an. »Ich wünschte, du hättest es nicht getan.«

»Bist du nicht hungrig?« Er erwiderte ihren Blick ganz unschuldig.

»Nicht sehr«, entgegnete sie ausweichend.

»Ist dir nicht gut?«

Sie spielte mit dem Gedanken zu lügen, doch dann kam sie zu dem Schluß, daß dies keine glückliche Art war, eine Ehe zu beginnen. »Nein, das ist es nicht.«

Er hielt unter dem Schutzdach des ›La Fleur‹ an, ignorierte aber den Boy, der herangeeilt kam, um den Wagen zum Parkplatz zu fahren. »Was ist es dann, Ria?«

»Es ist alles. Der Blumenstrauß, der Ring, das Essen. Ich ... ich komme mir vor wie eine richtige Braut.«

»Magst du keine Rosen? Willst du einen Silberring? Einen Diamanten? Ißt du nicht gern französisch?«

»Verdammt, hör auf mit deinen dummen Witzen. Du weißt genau, was ich meine«, fuhr sie ihn an.

»Nein, das weiß ich nicht«, entgegnete er. »Warum erklärst du es mir nicht?«

»Also gut. Ich finde, du übertreibst das Ganze ein bißchen.«

Er zog ärgerlich die Brauen zusammen, während er Ria eine Weile schweigend ansah. »Ich bin doch angeblich bis über beide Ohren verliebt, nicht wahr?« meinte er dann. »Verliebt genug jedenfalls, um impulsiv zu heiraten. Würdest du nicht sagen, daß ein Mann, der so verliebt ist, durchaus zu Übertreibungen neigt?«

»Du hast mich nicht impulsiv geheiratet, und du bist nicht über beide Ohren verliebt.«

»Aber das wissen die doch nicht«, gab er zurück und zeigte auf die Welt jenseits der Windschutzscheibe. »Wir müssen überzeugend wirken.«

»Damit deine politische Karriere nicht gefährdet wird?« fragte sie spöttisch.

Seine Kiefermuskeln verkrampften sich, und sein Blick wurde kalt. Er beugte sich vor. »Nein«, stieß er zwischen zusammengebissenen Zähnen hervor, »damit die Leute nicht erfahren, daß du Heiligabend einen Wildfremden gebumst und dir von ihm ein Kind hast machen lassen!« erwiderte er grob.

Alle Farbe wich aus Rias Gesicht, während plötzlich ihr Magen rebellierte. »Mir wird schlecht.« Sie tastete verzweifelt nach dem Türgriff.

Taylor stieg aus, warf dem Boy die Wagenschlüssel zu und eilte mit Ria zum Eingang. Sie schaffte es gerade noch bis zur Damentoilette. Hinterher wurde sie von der ältlichen Toilettenfrau bedauert, die ihr kalte Kompressen anbot. Sie legte eine auf Rias feuchte Stirn und die andere auf ihren Hals.

»Ich sage diesem Barkeeper immer wieder, daß er zu starke Drinks mixt«, meinte sie und tätschelte mitfühlend Rias Hand.

»Ich habe nichts getrunken. Ich...« Sie wollte sagen: »Ich bin schwanger«, doch sie besann sich anders. »Ich habe gerade geheiratet.«

Ein breites Lächeln erschien auf dem Gesicht der Frau. »Nervosität vor der Hochzeitsnacht? Das geht vorbei.«

Ria lächelte schwach. Als sie sich wieder besser fühlte, trug sie frischen Lippenstift auf und ging hinaus, begleitet von den besten Wünschen für ein glückliches Leben, die die Toilettenfrau ihr mit auf den Weg gab.

Taylor, der vor der Damentoilette auf und ab gegangen war, blieb stehen. »Wie geht es dir?«

»Besser.«

Er sah fast genauso elend aus, wie sie sich gefühlt hatte. »Ria, es tut mir leid. Es war schrecklich von mir, so etwas zu sagen.«

»Das war es. Aber ich nehme deine Entschuldigung an, weil ich auch nicht viel besser gewesen bin als du.« Plötzlich war es mit ihrer Selbstbeherrschung vorbei, und ihre Augen füllten sich mit Tränen. Sie suchte vergebens in ihrer kleinen Handtasche nach einem Kleenex, woraufhin Taylor ihr ein Stofftaschentuch reichte.

»Ich habe dich provoziert.« Sie schniefte. »Und dabei warst du die ganze Zeit so rücksichtsvoll.« Als sie den Kopf hob, bemerkte sie, daß sie die Aufmerksamkeit einiger Gäste erregt hatten. »Alle schauen schon her«, murmelte sie.

»Keine Angst«, beruhigte er sie. »Bräute dürfen weinen.«

Sie lächelte mühsam, als er sie beim Ellbogen faßte und zu einer Nische mit Telefonzelle und Zigarettenautomaten führte, wo sie ungestört waren.

»Ria.« Er legte die Hand auf ihre Wange.

»Was?«

»Was ich da vorhin im Wagen gesagt habe ... das war sehr häßlich von mir. Ich habe es nicht so gemeint. Verzeih mir!«

Sie schauten sich wie gebannt in die Augen, bis sie von einem Mann gestört wurden, der telefonieren wollte. »Wir müssen nicht bleiben, wenn du dich nicht wohl fühlst«, meinte Taylor. Er wischte ihre Wangen mit seinem Taschentuch ab, bevor er es wieder einsteckte.

»Doch, bitte, ich möchte es. Du hast doch extra einen Tisch reservieren lassen.«

Sein Lächeln verriet ihr, wie sehr er sich über ihre Entscheidung freute. Der Oberkellner erkundigte sich, ob es Miss Lavender wieder besser gehe. Sie versicherte ihm, daß alles wieder in Ordnung sei, und Taylor fügte hinzu: »Sie heißt jetzt Mrs. MacKensie, Peter.«

Der Oberkellner, der beide mit Namen kannte, erholte sich erstaunlich schnell von seiner Überraschung und sagte: »Herzlichen Glückwunsch, Mr. MacKensie, Mrs. MacKensie.«

Er verbeugte sich förmlich vor Ria. Dann führte er sie zum besten Tisch im Restaurant und ließ ihnen eine Flasche Champagner auf Kosten des Hauses bringen. Innerhalb von Minuten wußten alle in der Küche, die Kellner, die anderen Gäste und sogar der Boy, der die Corvette liebevoll polierte, daß der zukünftige Bürgermeister MacKensie die Architektin Ria Lavender geheiratet hatte.

»Stört es dich nicht, wenn dich die Männer mit den Blicken verschlingen?«

Ria senkte die in Leder gebundene Speisekarte und schaute Taylor über den Rand hinweg an. »Was hast du gesagt?«

»Alle hier haben sich umgedreht, als du durch das Restaurant gegangen bist.«

»Das hast du dir eingebildet.«

Taylor schüttelte bestimmt den Kopf. »Nein, wenn neidische Blicke töten könnten, wäre ich auf der Stelle tot umgefallen. Ich kann die Jungs ja verstehen, aber das heißt nicht, daß ich es gut finde, wenn sie meiner Frau schöne Augen machen.«

Ria wußte, daß er nicht wirklich meinte, was er sagte, sondern daß er sie nur aufheitern wollte, aber es funktionierte. Ihre Stimmung besserte sich, und Ria wurde unter seinen anerkennenden Blicken sogar warm. »Neues Kleid?«

Sie nickte. »Ja.«

Taylor lächelte neckend. »Deine Perlenkette, ist das ein Geschenk von einem Mann?«

»Von meinen Eltern. Zum Collegeabschluß.«

Er schien zufrieden mit der Antwort, und sie gaben ihre Bestellung auf.

Das Essen war köstlich, und die Krönung war das Dessert: Auf Kosten des Hauses gab es einen glasierten weißen Kuchen für zwei. Zum Entzücken des Personals schnitt Taylor ihn feierlich an. Es gab Champagner für alle, man prostete sich zu, und niemandem fiel auf, daß Ria nur so tat, als würde sie etwas trinken.

Als es Zeit zum Gehen war, half Taylor ihr von ihrem Stuhl hoch und legte fürsorglich die Hand um ihre Taille, als sie in Richtung Ausgang gingen. An der Tür trafen sie mit einem Trio zusammen, das darauf wartete, zu einem Tisch geführt zu werden.

Der Blick der Blondine, die offenbar solo war, glitt über Ria, ohne sie wirklich wahrzunehmen. Taylor lächelte sie dann um so strahlender an. »Taylor, wie schön, dich zu sehen. Du willst doch nicht schon gehen, oder? Es ist noch so früh. Wir sind gerade erst gekommen. Du erinnerst dich an die Wilsons?«

»Natürlich.« Taylor gab dem Mann die Hand und nickte dessen Frau zu.

»Warum setzt ihr euch nicht zu uns?« schlug die Blondine vor. Sie hatte erneut nur einen flüchtigen Blick für Ria übrig, bevor sie ihre ungeteilte Aufmerksamkeit wieder Taylor zuwandte.

»Tut mir leid, heute abend nicht. Ria, das ist Lisa Burton. Lisa, das hier ist Ria, meine Frau.«

Die Anwesenheit der Wilsons verhinderte, daß die Situation allzu peinlich wurde, als die beiden Frauen sich entgeistert anstarrten.

Ria erholte sich als erste. Sie nickte Lisa zu und beantwortete Mrs. Wilsons Frage, ob sie die Architektin sei, von der sie soviel gehört habe.

»Ist das nicht ziemlich plötzlich, Taylor?« fragte Lisa, als sie endlich die Sprache wiedergefunden hatte. Ihre Augen waren dunkel vor Gehässigkeit.

Taylor legte den Arm um Rias Schultern. »Ich habe Ria im letzten Herbst kennengelernt.«

Sehr spät im letzten Herbst, dachte Ria.

»Wir haben heute nachmittag geheiratet«, fügte er hinzu. »Wenn ihr uns jetzt bitte entschuldigt.« Er nickte knapp und schob Ria in Richtung Ausgang.

Als sie in der Corvette saßen, beugte Ria sich vor und stützte den Kopf in die Hände.

»Ist dir wieder schlecht?« wollte Taylor wissen. »Mußt du dich übergeben?«

»Taylor«, sie sah ihn an, »ich habe gerade Lisa kennengelernt. Deine Lisa. Hast du den Ausdruck auf ihrem Gesicht gesehen, als du ihr sagtest, ich sei deine Frau? Wie kannst du so tun, als ob es dich nichts anginge?«

»Ich möchte nicht über Lisa sprechen«, erwiderte er kurz und startete den Motor des Wagens.

»Offensichtlich, aber ich finde, wir sollten es.«

Taylor preßte stur die Lippen zusammen und sagte nichts. Sie erreichten sein Haus, doch Ria hatte kaum einen Blick für ihr neues Heim übrig. Sie war zu gespannt, etwas über Lisa zu erfahren. Taylor kam um den Wagen herum, um ihr beim Aussteigen zu helfen, und trug ihren Koffer zur Haustür. Er schloß auf und stieß die Tür auf, doch Ria machte keine Anstalten, ins Haus zu gehen.

»Wartest du darauf, daß ich dich über die Schwelle trage?«

»Ich warte darauf, daß du mir von Lisa erzählst.«

Er stellte den Koffer hin, trat vor Ria und stützte die Hände rechts und links von ihr gegen die Wand. »Damit das ein für allemal klar ist: Sie ist nicht *meine* Lisa, und sie ist es nie gewesen. Wenn du meinst, ich hätte ihr gegenüber eine Verpflichtung, weil ich mit ihr geschlafen habe, dann will ich dir jetzt mal etwas sagen: Sie hat auch schon einer Menge anderer Männer gehört, und ich bin ihr keinerlei Erklärungen schuldig.« Er nahm die Hände herunter. »Und wenn du nicht unseren zweiten Streit als Ehepaar hier draußen auf der Veranda haben willst, schlage ich vor, daß du jetzt das Thema Lisa vergißt und dich von mir über die Schwelle tragen läßt.«

Bevor Ria etwas erwidern konnte, hob er sie hoch und trug sie nicht nur über die Schwelle, sondern durch das ganze Haus. »Das hier ist die Küche.« Die Schränke waren weiß und die Wände in einem rötlichen Braunton gehalten.

»Läßt du mich jetzt bitte herunter?«

»Nein.«

»Aber ich möchte mir die Küche ansehen.«

»Dazu hast du später Zeit. Du mußt deine Beine entlasten. Ich glaube, deine Knöchel fangen schon an, dick zu werden.«

Ria hob entsetzt einen Fuß hoch und untersuchte ihren Knöchel. Er war so schlank wie immer. Sie bedachte Taylor mit einem wütenden Blick, und er lachte. »Reingefallen.«

Sie stimmte in sein Lachen ein, während er sie durch die anderen Räume trug. Doch das Lachen verging ihr, als er die Tür zu seinem Schlafzimmer öffnete.

Ria brauchte nur einen Blick in das geräumige Zimmer zu werfen, um zu wissen, daß sie einen Mann geheiratet hatte, der das Leben zu genießen vermochte. Eine Wand bestand ganz aus Glas und gab den Blick auf eine sanfte Hügellandschaft frei. Der Teppich war weich und tief. Es gab ein großes Bett, das auf einem Podest stand und mit einer Tagesdecke aus schwarzer Seide bedeckt war. Vor dem Bett lag ein schweres, dickes Fell, das regelrecht sündig wirkte. In die Wand gegenüber dem Bett war ein schwarzer Marmorkamin eingebaut. Niedrige Sessel luden vor einem Hightech-Musikturm zum Entspannen ein. Eine Kristallvase mit weißen Tulpen schmückte den Nachttisch. Auf der anderen Seite des Betts stand eine Flasche Champagner in einem Silberkühler.

Taylor ließ Ria langsam herunter und legte dann beide Hände auf ihre Schultern, als ob er Angst hätte, sie könnte davonlaufen.

»Sehr hübsch«, bemerkte Ria. »Ich frage mich, was die Bürger unserer braven Stadt von ihrem zukünftigen Bürgermeister halten würden, wenn sie diese Lasterhöhle von einem Schlafzimmer sehen könnten.«

Er lachte tief, während seine Hände über ihre Arme glitten. »Sie würden mich wahrscheinlich noch lieber mögen.«

»Wahrscheinlich. Vor allem die Frauen.«

»Dann gefällt es dir?«

Sie sah ihn an. »Es spielt im Grunde keine Rolle, da ich nicht hier schlafen werde.«

Er verschränkte die Arme vor der Brust und lehnte sich gegen den Türpfosten. »Ria, als ich dich dazu überredet habe, für die Dauer unserer Ehe hier bei mir zu leben, habe ich vielleicht vergessen, eine Kleinigkeit zu erwähnen.«

Ria hatte plötzlich ein flaues Gefühl im Magen. Sie ahnte, was kommen würde. »Was?«

»Dies ist ein großes Haus, aber es hat nur ein Schlafzimmer.«

»Macht nichts. Ich werde auf der Couch schlafen.«

»Kommt nicht in Frage. Ich will nichts davon hören, daß meine schwangere Frau auf einer Couch schläft.«

Ria hob ihr Kinn hoch. »Du hast mich überredet, mit dir zusammenzuleben, damit unsere Ehe echt wirkt. Aber es war von vornherein klar, daß wir nicht zusammen schlafen würden.«

»Für dich vielleicht«, gab er mit beunruhigender Gelassenheit zurück.

Sie straffte die Schultern. »Bevor ich hierbleibe, müssen wir uns einig werden, wer wo schläft.«

»Kein Problem.« Taylor stieß sich vom Türpfosten ab und schloß die Tür hinter sich. »Ich nehme die linke Seite des Bettes.«

4

»Das ist nicht dein Ernst.« Als Antwort zog Taylor seine Anzugjacke aus und warf sie in den nächsten Sessel. Ria blickte ihn entsetzt an. »Ich kann es nicht glauben. Hast du die Absicht, Gewalt anzuwenden?«

Er runzelte die Stirn, schwieg aber.

»Das ist der einzige Weg, wie du mich mit dir ins Bett bekommst!« Ihre Stimme klang rauh.

Taylor grinste breit. »Aber sag doch nicht so was, Ria!« meinte er.

Er hatte schon die Weste ausgezogen und knöpfte gerade das Hemd auf. Ria befeuchtete nervös die Lippen und bemühte sich, nicht auf seine Finger zu schauen, von denen sie wußte, wie gut sie streicheln konnten.

»Hör zu, Taylor«, sagte sie hastig, als er das Hemd auszog und zu Boden fallen ließ, »was Heiligabend passiert ist . . .«

»War phantastisch. Oder? Warum sollen wir es nicht wiederholen?«

»Weil es nichts bedeutet hat.«

»So?«

»Das ist . . . das ist animalisch.«

»Richtig.« Er lachte, als sie ihn gereizt ansah. »Ein gesundes Lustempfinden ist gut für Körper, Geist und Seele.«

»Das finde ich nicht. Überleg mal, was ich mir mit dieser Lust eingebrockt habe.«

Er wurde plötzlich ernst. »Du hast eben gesagt, daß das mit uns nichts bedeutet hat. Aber was ist weiter, findest du nicht, daß das Baby wichtig ist?« wollte er wissen.

Sie holte scharf Luft. »Doch. Sonst hätte ich es abtreiben lassen, sobald ich wußte, daß ich schwanger war.«

»Wenn nichts anderes, dann ist es dieses Baby, das das, was Heiligabend passiert ist, zu etwas Besonderem macht.« In seine Augen trat ein fast zärtlicher Ausdruck. »Ich bin ein Mann, und du bist eine Frau. Und du kannst es abstreiten, solange du willst, Ria, aber wir fühlen uns physisch voneinander angezogen. Warum sollen wir also nicht miteinander schlafen?«

Er trat vor, und sie wich zurück, bis sie gegen das Bett stieß.

»Heute ist unsere Hochzeitsnacht, Ria« – er zog sie an sich, und sein Mund senkte sich langsam auf ihren –

»und ich finde, wir sollten sie wie richtige Neuvermählte verbringen.«

Sein langer, hungriger Kuß ließ ihren Widerstand schmelzen. Sie schlang die Arme um seinen Nacken und preßte ihren Körper gegen seinen.

»Hm, das fühlt sich gut an.« Taylor öffnete den einzigen Knopf an ihrer Kostümjacke und legte die Hände auf ihre Brüste. Er spürte, wie sie leicht zusammenzuckte.

»Tut es weh?« flüsterte er, und Ria nickte. Er schob die Jacke auseinander und schaute auf ihre vollen Brüste, die sich über den Rand des Büstenhalters wölbten. Er küßte vorsichtig die Ansätze und hob dann widerstrebend den Kopf.

»Nein, es ist schon okay«, meinte sie schnell.

Er stöhnte leise, bevor er eine Brustwarze über der Spitze des BHs küßte. »Ria, sag, daß es gut war!«

»Heiligabend? Ja, es war gut«, hauchte sie. Ohne daß sie es wollte, war eine Erregung in ihr aufgestiegen, die ihr den Atem zu nehmen drohte.

»Manchmal habe ich gedacht, ich hätte alles nur geträumt.«

»Ich trage den Beweis dafür in mir, daß es kein Traum war.«

»Ja, das tust du.« Er legte schützend die Hände auf ihren Unterleib. Plötzlich flammte Begehren tief in seinen Augen auf, und seine Finger rieben verführerisch über ihre Scham. »Ich will dich. Jetzt.«

Ria nickte atemlos.

Und dann war im Dunklen nur noch das Geräusch von suchenden Lippen zu hören, von Haut auf Leder, auf Nerz, auf duftenden Laken.

»Nein, laß die Perlen an.«

»Aber das sieht doch verdorben aus.«

»Das kann man wohl sagen.«

Leises Lachen.

»Du bist schön, Ria. Wunderschön.«

»Du auch.«

»Ich? Ich bin ganz haarig.«

Sie lachte wieder, kehlig und rauh. »Ja, das stimmt.«

»Und du bist so weich und glatt. Ich habe mir Heiligabend gar nicht die Zeit genommen, dich richtig anzuschauen.«

»Aber du hast dir die Zeit genommen, mich überall zu berühren.«

»Das habe ich auch heute abend vor.«

»Hm, Taylor.«

»Gefällt dir das?«

Schweigen.

»Ria?«

»Ja, ja, es gefällt mir.«

»Wenn ich sie in den Mund nehme, tut das weh?«

»Nein.«

Ein leises Stöhnen. »Du bist so süß.«

»Hör nicht auf, Taylor!«

»Nein.«

»Komm jetzt.«

»Ich dachte . . .«

»Bitte!«

Viel später goß Taylor Champagner über Rias Körper. Die prickelnde Flüssigkeit lief von ihrem Bauch in das Dreieck krauser Haare darunter, bevor sie von warmen Lippen aufgesaugt wurde.

Und als Taylor dann fragte: »Noch mehr Champagner?« erschauerte sie am ganzen Körper. Er lachte. »Diesmal trinke ich ihn aus einem Glas.«

»Ich habe nicht gesagt, daß mir das eben nicht gefallen hat.«

Er murmelte einen Fluch, beugte sich über sie, nahm ihr Gesicht in die Hände und küßte sie leidenschaftlich. »Das war meine ganz besondere Art, auf meine Braut zu trinken.« Er küßte sie wieder. »Gott, du bist wundervoll.«

Sie wollte wegen des Babys keinen Champagner, doch Taylor schenkte sich ein Glas voll ein. Dann lehnte er sich nackt und schon wieder erregt in die Kissen zurück und schaute Ria voller Bewunderung an.

»Unser Kind wird bestimmt bildhübsch.«

»Sicher wird es dunkelhaarig sein.«

»Und groß.« Sie fuhr mit der Hand seinen Schenkel hinauf. »Mit schönen langen Beinen.«

»Und einem schönen langen . . . egal.«

»Das auch« – sie kicherte – »wenn es ein Junge wird.«

Er griff in ihr Haar, zog ihren Kopf heran und küßte sie lange. Als sie sich voneinander lösten, meinte er: »Ob es tatsächlich ein Junge wird?«

»Wünschst du dir ein Mädchen?«

Er zuckte mit den Schultern. »Das ist mir egal.«

»Mir auch.« Sie strich mit der Hand über ihren Bauch und setzte nachdenklich hinzu: »Ich möchte nur, daß das Baby gesund und glücklich ist.«

»Das wird es sein«, versicherte Taylor zärtlich. »Was meinst du, wird es grüne Augen haben oder blaue? Was ist dominant?« Als Ria keine Antwort gab, rieb er mit der Außenseite seiner Finger über ihre Wangen und fuhr die Falte nach, die sich zwischen ihren Brauen gebildet hatte. »Was ist?«

Sie seufzte und schmiegte die Wange an seinen Schenkel. »Ich dachte nur gerade, daß wir nicht wissen, welche Gene es von meinen Eltern erben wird. Meinen richtigen Eltern.«

»Hast du eigentlich deinen Adoptiveltern von dem Baby erzählt?«

Sie schwieg einen Augenblick, bevor sie antwortete. »Nein.«

»Von mir denn?«

Ria setzte sich auf. »Ja. Sei mir nicht böse, Taylor. Ich habe ihnen erzählt, daß ich jemanden kennengelernt hätte und daß wir wahrscheinlich heiraten würden.«

»Wie war ihre Reaktion?«

»Sie waren ganz aufgeregt. Mom wollte schon anfangen, Partys zu planen und eine große kirchliche Trauung zu organisieren, aber ich habe ihr gesagt, du ständest im Rampenlicht der Öffentlichkeit und wolltest mit so wenig Aufsehen wie möglich heiraten. Es war schrecklich für mich, sie zu belügen, aber . . .«

». . . aber du hast ihnen gesagt, daß wir bereits verheiratet waren, oder? Damit sie glauben können, das Baby ist erst später . . . erst später gezeugt worden.«

Sie starrte auf ihre Hände. »Warum ihnen unnötig weh tun?«

Er hob ihr Kinn hoch. »Genau.«

»Danke, Taylor.«

Er stellte sein leeres Champagnerglas auf den Nachttisch und küßte sie. »Es ist schon spät, und morgen früh ruft die Arbeit.«

»Ja, wir sollten jetzt lieber schlafen.«

»Ich habe eine bessere Idee«, meinte er und zog sie rittlings auf seinen Schoß.

»Hi.«

»Hi.«

»Wie war der Tag?«

»Ganz gut. Und deiner?«

»Auch gut.«

Sie standen verlegen voreinander. Taylor war gerade nach Hause gekommen und hatte Ria in der Küche vorgefunden. Er hatte noch seine Aktentasche in der Hand. Ria trug eine Schürze und hielt einen langstieligen Löffel in der Rechten.

Sie hatten am Morgen verschlafen, und in ihrer Eile, zur Arbeit zu kommen, hatten sie keine Zeit gehabt, sich Gedanken über die vergangene Nacht zu machen. Sie hatten sich hastig geduscht. Ria war in Panik geraten, als sie ihren Koffer ausgekippt und festgestellt hatte, daß die Hälfte der Sachen, die sie brauchte, zu Hause waren – bei ihr zu Hause. Taylors Lieblingskrawatte war verlegt worden und unauffindbar gewesen. Ria hatte sich die Finger an ihrem Lockenstab verbrannt. Nachdem sie eine Tasse bitteren Instantkaffee mit kaltem Wasser aus dem Wasserhahn getrunken hatten, war Taylor zur Hintertür hinausgestürzt, wobei er über seine Schulter gerufen hatte, daß er sie später sehen würde.

Jetzt war später, und keiner von ihnen wußte so recht, was er sagen sollte.

Taylor stellte die Aktentasche auf den Küchentisch. »Was riecht hier so gut?« fragte er.

»Schmorfleisch.«

»Ich dachte, wir würden ausgehen.«

»Magst du kein Schmorfleisch?« wollte Ria wissen.

»Ich liebe Schmorfleisch«, antwortete er schnell. »Ich möchte nur nicht, daß du meinst, du müßtest jeden Abend für mich kochen.«

»Mach dir keine Gedanken.« Sie winkte ab und strich eine Haarsträhne zurück. »Ich wollte das Frühstück heute morgen wiedergutmachen. Oder besser, das fehlende Frühstück.«

»Ich frühstücke sowieso nie.«

»Nein? Oh, na gut. Ich auch nicht. Vor allem im Augenblick.« Sie legte die Hand auf ihren Bauch.

Er lächelte. »Wie lange dauert es noch bis zum Essen?«

»Eine halbe Stunde.«

»Dann habe ich noch Zeit, mich zu duschen?«

»Ja. Du brauchst dich nicht zu beeilen. Ich kann das Essen warmhalten, bis wir soweit sind.«

»Okay.« Er nahm seine Aktentasche und ging zur Tür. Doch plötzlich blieb er stehen und drehte sich langsam um. »Ria?«

Sie blickte auf. »Ja?«

Die Aktentasche fiel polternd zu Boden. Mit zwei Schritten war Taylor bei Ria, riß sie an sich und küßte sie hungrig. Sie schlang die Arme um seinen Nacken und erwiderte den Kuß leidenschaftlich. Von dem Löffel, den sie noch in der Hand hielt, tropfte Bratensauce auf Taylors Rücken, doch sie bemerkten es nicht. Beide waren atemlos, als sie sich schließlich voneinander lösten.

»Dann bereust du es nicht, daß du mich geheiratet

hast?« fragte sie. »Jetzt, nachdem du einen ganzen Tag lang Zeit gehabt hast, darüber nachzudenken?«

»Machst du Witze? Ich habe kein Schmorfleisch mehr bekommen, seit meine Mutter gestorben ist.«

»Ist das der einzige Grund, warum du froh bist?«

Er rieb seine Wange an ihrer. »Dumme Frage, Ria.« Sie küßten sich wieder. »Laß uns noch mal von vorn anfangen. Wie war dein Tag?«

»Ich habe früh Schluß gemacht, bin bei mir zu Hause vorbeigefahren und habe noch mal meinen Wagen vollgepackt.«

»Dafür sollte ich dich übers Knie legen. Du hast doch nichts hereingetragen, oder?«

»Nein. Dazu war ich zu müde.«

»Du hättest dich nicht mit Kochen abgeben sollen.«

»Ich habe mich vorher ein bißchen ausgeruht.« Sie lächelte glücklich. »Wie war dein Tag?«

»Mit einem Wort: ein Fiasko.«

»Das sind zwei Worte.«

»Ich habe einen kleinen Besserwisser geheiratet, was?« Er senkte den Kopf und knabberte an ihrem Hals, bis sie um Gnade bettelte. »Wir hatten heute eine interne Stadtratssitzung, und es gab eine heiße Diskussion um eine bevorstehende Steuererhöhung. Im Büro war eine Reihe von wichtigen Unterlagen verlorengegangen, und der Kunde hat uns die Hölle heißgemacht, bis sie wieder auftauchten.« Er gab ihr einen flüchtigen Kuß auf die Nasenspitze. »Und mitten in dem ganzen Chaos konnte ich an nichts anderes denken als an diesen leisen Lustschrei von dir, wenn du kommst.«

»Taylor!«

»Taylor!« ahmte er sie nach. »Wenn du nicht willst,

daß ich daran denke, dann darfst du eben nicht so schreien.«

»Oder nicht zum Höhepunkt kommen.«

»Untersteh dich!« sagte er drohend.

Sie küßten sich wieder, bis Ria ihn schließlich von sich schob. »Jetzt geh und dusch dich! Ich mache dir inzwischen einen Drink.«

Während des Essens sprachen sie über all die formalen Dinge, die noch zu erledigen waren, und über die Folgen, die ihr Verheiratetsein für ihr Leben haben würde. »Hast du es deinen Kollegen im Büro erzählt?« fragte Taylor, nachdem sie eine Weile beide geschwiegen hatten.

»Ja. Sie waren alle überrascht.«

»Alle, bis auf Guy, oder?«

Ria nickte. »Ich nehme an, er kann sich inzwischen denken, wer der Vater meines Babys ist.«

Er zog kaum merklich die Brauen zusammen. »Wenn er irgendwelche Zweifel hat, schick ihn zu mir!«

Sie freute sich über Taylors offensichtliche Eifersucht, selbst wenn es mehr um das Baby ging als um sie.

»Bereite dich morgen auf einige Anrufe vor«, meinte er, während er sich noch etwas von dem Schmorfleisch nahm. »Meine Sekretärin gibt morgen eine Presseverlautbarung an die Zeitung und die Rundfunksender aus, in der meine Hochzeit mit Miss Ria Lavender bekanntgegeben wird.«

Ria legte die Gabel hin und schaute ihn besorgt an. »Ich hoffe, das wird nicht deine Vereidigung zum Bürgermeister gefährden.«

»Ich habe die Wahl offen und ehrlich gewonnen.«

»Ich weiß, aber es könnte einige skeptische Gesichter geben.«

»Ich glaube, daß alle, die für mich gestimmt haben, froh sein werden, daß ihr Bürgermeister endlich unter der Haube ist.« Er zwinkerte ihr zu. »Ein Fuchs weniger im Revier.«

»Aber wenn sie das mit dem Baby herausfinden . . .«

Taylor reichte über den Tisch und ergriff ihre Hand. »Keine Angst, die ganze Stadt wird sich mit uns freuen.« Er zog ihre Hand an seinen Mund und küßte sie. »Jetzt ruh dich ein bißchen aus! Ich werde hier aufräumen.«

»Du sollst dich doch ausruhen«, meinte Taylor, als er eine halbe Stunde später in sein Arbeitszimmer kam und Ria über ein Zeichenbrett gebeugt fand. Vor dem Essen hatte er ihren Wagen ausgeladen und das Zeichenbrett hier aufgestellt, wie sie ihn gebeten hatte. »Tut dir nicht der Rücken weh?«

Sie lächelte ihn über die Schulter an, bevor sie ihre Aufmerksamkeit wieder der Skizze zuwandte, die sie gerade entwarf. »Ich habe mich daran gewöhnt.« Er trat hinter sie und stützte das Kinn auf ihre Schulter. »Was hältst du davon?« wollte sie wissen.

Er legte den Kopf schief und betrachtete skeptisch die Zeichnung. »Was soll das werden, wenn es fertig ist?«

»Du Idiot.« Sie stieß mit dem Po gegen ihn, und er stöhnte leise.

»Was ist es?«

»Mein Haus. Siehst du, hier ist die Haustür und das Wohnzimmer. Ich überlege gerade, wo ich das Kinderzimmer anbauen soll.« Er gab keine Antwort. »Taylor?«

»Gefällt es dir hier nicht?« fragte er leise.

»Natürlich. Du hast ein wunderschönes Haus. Aber ich muß meins umbauen, bevor das Baby auf die Welt kommt, damit wir einen Platz zum Leben haben.«

»Ich verstehe.« Er griff unter ihren Armen hindurch und legte die Hände auf ihre Brüste. »Apropos, bist du heute ohne BH ins Büro gegangen?«

»Natürlich nicht.«

»Du hast ihn also erst ausgezogen, als du nach Hause gekommen bist? Vielleicht um deinen Mann verrückt zu machen?«

Bei der Berührung seiner Hände stieg in Ria Erregung auf, und sie unterdrückte einen Seufzer. »Nein«, antwortete sie unsicher. »Ich habe ihn ausgezogen, weil er mir zu eng ist. Alle meine BHs sind mir zu eng geworden, und ich habe noch keine Zeit gehabt, mir neue zu kaufen.«

»Meinetwegen brauchst du dir keine neuen zu kaufen.« Er schob ihren Pferdeschwanz mit dem Kinn beiseite und küßte sie hinter das Ohr. Seine Daumen strichen leicht über die Spitzen ihrer Brüste. »Unser Kind ist ein richtiger Glückspilz.« Er schob die Hände unter ihr T-Shirt und zog sanft an ihren Brustwarzen.

»Taylor, was machst du da?«

»Umgangssprachlich ausgedrückt: Ich mache dich scharf. Wissenschaftlich nennt es sich Vorbereitung auf das Stillen. Wie auch immer, es erzielt die gewünschte Wirkung.«

Er preßte sein erregtes Glied gegen ihren Po. Ria bog den Kopf nach vorn, während sie sich mit den Ellbogen auf das Zeichenbrett stützte. »Ich muß noch arbeiten!« protestierte sie halbherzig.

»Laß dich von mir nicht abhalten.« Er tastete nach dem Reißverschluß ihrer Jeans und zog ihn herunter.

»Aber ich kann mich nicht konzentrieren, wenn du das machst, was du gerade tust.« Sie stöhnte, als er die Hand in ihren Slip schob.

»Es scheint dir aber nicht unangenehm zu sein.«

Sie hörte an seiner Stimme, daß er lächelte, und wußte, daß ihr Körper sie verraten hatte. Sie seufzte Taylors Namen. Die Fertigkeit seines Daumens war atemberaubend. »Hm, Taylor, wie ist der wissenschaftliche Name dafür?«

»Vorspiel.«

5

»Ria?«

Ria blickte von ihrem Schreibtisch auf. Guy Patterson stand in der Tür zu ihrem Büro. Sie hatte ihn kaum zu Gesicht bekommen, seit sie ihren Kollegen von ihrer Heirat erzählt hatte. Er war ihr aus dem Weg gegangen, und sie konnte es ihm nicht verdenken. Es war allgemein bekannt gewesen, daß sie befreundet gewesen waren, und die Tatsache, daß sie so schnell einen anderen geheiratet hatte, mußte ein schwerer Schlag für Guys Selbstbewußtsein gewesen sein. Sie hoffte, daß sie trotzdem Freunde bleiben konnten, doch Guys mürrische Miene verhieß eher das Gegenteil.

»Hallo, Guy. Komm rein!«

»Eigentlich bin ich hier, um dich zu holen. Unsere Chefs haben eine Dringlichkeitssitzung einberufen.«

Sie erhob sich aus ihrem Sessel. »Was gibt's denn?«

»Ich glaube, das sagen sie dir besser selbst.« Er trat zur Seite, um sie vorausgehen zu lassen, und folgte ihr schweigend den mit Teppich ausgelegten Gang hinunter und in den Konferenzraum, wo sich die leitenden Angestellten von *Bishop & Harvey* bereits versammelt hatten.

Es lag eine merkwürdige Spannung in der Luft, als sie ihre Plätze um den massiven Walnußtisch einnahmen. Ria fühlte sich äußerst unwohl. Sie wußte nicht, ob sie unter einer Art Verfolgungswahn litt oder ob es tatsächlich so war, jedenfalls glaubte sie, von allen Anwesenden mit verstohlenen Blicken bedacht zu werden.

»Danke, daß Sie so kurzfristig gekommen sind. Ich weiß, daß Sie viel zu tun haben, aber diese Angelegenheit betrifft uns alle, und sie ist von äußerster Wichtigkeit.« Mr. Bishop, der Gründer der Firma, hatte sich vor drei Jahren aus dem Geschäft zurückgezogen. Sein Neffe, Mr. Harvey, leitete jetzt das Unternehmen und führte den Vorsitz bei allen Konferenzen.

»Es wäre von großer Bedeutung für die Firma, den Vertrag für das ›Community Arts Center‹ zu bekommen«, begann er. »Ich bin sicher, das ist Ihnen bewußt.«

Der Bau eines Kunstkomplexes war schon seit Jahren im Gespräch. Eine Bereitstellung von Staatsgeldern, die bei der Wahl im vergangenen Jahr verabschiedet worden war, ermöglichte es zusammen mit privaten Spenden, daß dieses Vorhaben realisiert werden konnte. Die Stadt hatte begonnen, Angebote von verschiedenen Seiten einzuholen, und *Bishop & Harvey* war eins der Architektenbüros, das in Erwägung gezogen wurde. Es würde ein großes und sehr einträgliches Projekt sein.

»Der Stadtrat ist dabei, die Angebote zu prüfen«, fuhr Mr. Harvey fort. »Wir hoffen, daß er sich letztendlich für unsere Firma entscheiden wird. Allerdings . . .« Er hielt inne und räusperte sich. Verschiedene andere um den Tisch rückten unbehaglich auf ihren Stühlen.

»Hat diese Konferenz irgend etwas mit meiner Heirat mit dem Stadtverordneten und zukünftigen Bürgermeister MacKensie zu tun, Mr. Harvey?« fragte Ria abrupt.

»Alle hier freuen sich über Ihre Heirat«, versicherte er ihr hastig. Als sein Blick auf Guy Patterson fiel, räusperte er sich wieder und wurde rot. »Aber die Öffentlichkeit könnte dies als . . . Was ich sagen will, ist . . . Die Firma möchte den Vertrag nicht wegen des Verdachts des . . . des unlauteren Wettbewerbs verlieren, wenn Sie wissen, was ich meine.«

»Mein Mann und ich habe nicht einmal über das ›Community Arts Center‹ gesprochen.«

»Ich bin sicher, zwei Neuvermählte haben anderes im Sinn.« Höfliches Gelächter erklang um den Tisch herum. Mr. Harvey lächelte seine Mannen zufrieden an. Dann wurde er wieder ernst, als er Ria ansah. »Wir müssen uns vor allem hüten, was nach Bestechung oder etwas Ähnlichem riecht.«

Ria preßte die Hand auf ihre Brust. »Wollen Sie mir vorwerfen . . .«

Der Vorsitzende von *Bishop & Harvey* hielt beide

Hände hoch. »Lieber Himmel, nein, Miss Lavender, ich meine, Mrs. MacKensie. Ich zweifle nicht Ihre Integrität oder die Ihres Mannes an. Sie werden jedoch begreifen, wie heikel die Angelegenheit ist. Es geht um Millionenbeträge. Wenn wir den Vertrag bekommen, könnte ein Konkurrent womöglich falsche Schlüsse ziehen.«

»Nun, das wäre doch sein Problem, oder? Unsere Firma hat ihr Angebot gemacht, bevor ich Mr. MacKensie überhaupt kannte. Sicher . . .« Ria verstummte.

Ein Blick auf die Gesichter der um den Tisch Versammelten verriet ihr, daß ihre Proteste auf taube Ohren stießen. Jeder in der Firma mochte sie persönlich und bewunderte ihre Arbeit, doch diesmal ging es um mehr. Wenn die Firma aus irgendeinem Grund den Vertrag für das ›Community Arts Center‹ nicht bekam, würde sie nicht nur eine Menge Geld, sondern auch Ansehen verlieren.

»Mr. Harvey«, sagte Ria leise, »dürfte ich Sie bitte allein in Ihrem Büro sprechen?«

Sobald ihre Entscheidung getroffen war, hatte Ria es eilig, nach Hause zu kommen und es Taylor zu erzählen, nachdem sie vergeblich versucht hatte, ihn telefonisch zu erreichen. Sie war froh über ihren Entschluß und gespannt auf Taylors Reaktion.

Er öffnete gerade eine Flasche Wein, als sie das Wohnzimmer betrat und ihre Aktentasche in den nächsten Sessel warf.

»Taylor, ich muß mit dir reden!«

»Keine Begrüßung?«

»Hallo.«

»Hi. Ich habe deinen Wagen nicht gehört. Wie war dein Tag?«

»So lala. Würdest du dich bitte setzen?«

»Ich bin beschäftigt, weißt du, und . . .«

»Es dauert nicht lange.«

»Hoffentlich, weil nämlich . . .«

»Bitte, Taylor, hör mir zu. Ich habe es mir genau überlegt, und . . .« Die Türglocke unterbrach sie. »Erwartest du jemanden?«

»Das versuche ich dir die ganze Zeit zu sagen«, antwortete Taylor, als er das Zimmer durchquerte. Er öffnete die Tür und ließ eine attraktive Frau herein. »Ria, das ist Delia Starr, eine Reporterin vom *Telegram*. Sie möchte einen Artikel über uns für die Sonntagsausgabe schreiben.«

»Oh, hallo.« Ria erholte sich schnell von ihrer Überraschung und gab der Reporterin die Hand.

»Setzten wir uns doch.« Taylor schaute Ria seltsam an.

»Wenn Sie mich bitte einen Augenblick entschuldigen, Miss Starr, Delia, ich komme gerade von der Arbeit«, erklärte sie hastig. »Ich würde mich gern ein bißchen frisch machen.«

»Aber natürlich.« Die Frau nickte. »Lassen Sie sich ruhig Zeit. Ich habe eine Menge Fragen an den designierten Bürgermeister MacKensie. Ich sollte Sie vielleicht vorwarnen, daß später noch ein Fotograf kommt, um Aufnahmen zu machen«, fügte sie hinzu.

Ria eilte ins Schlafzimmer und schloß die Tür. »Verdammt.« Sie war so ungeduldig gewesen, Taylor von ihrer Entscheidung zu erzählen, und jetzt würde sie warten müssen.

Im Bad, das gleichzeitig als Ankleidezimmer diente, frischte sie ihr Make-up auf, bürstete ihr Haar und zog eine bequeme Hose und eine Bluse an. Nach einem letzten prüfenden Blick in den Spiegel verließ sie das Bad.

»Habe ich etwas verpaßt?« fragte sie mit einem gezwungenen Lächeln, als sie ins Wohnzimmer zurückkehrte.

»Nur langweilige Hintergrundinformationen über mein Interesse an Lokalpolitik«, antwortete Taylor und reichte ihr ein Glas mit Soda und Limonensaft.

»Ich glaube nicht, daß irgend etwas an Ihrem Mann langweilig ist«, bemerkte Delia Starr.

»Ich auch nicht«, gab Ria zurück. Taylor hatte sie erregt, amüsiert und verärgert, aber er hatte sie noch nie gelangweilt.

Miss Starr fragte Ria nach ihrer Karriere als Architektin, wobei sie sich eifrig Notizen machte. Ria überlegte, ob sie bemerkte, daß auch Taylor aufmerksam zuhörte. Das meiste von dem, was sie erzählte, war auch für ihn neu.

»Es ist wirklich ein Zufall, daß Sie uns ausgerechnet heute interviewen, Miss Starr.« Ria verschränkte nervös die Hände. »Der heutige Tag stellt nämlich einen Meilenstein in meiner Karriere dar. Ich bin bei *Bishop & Harvey* ausgeschieden.«

»*Was?*« Taylor starrte sie sprachlos an. »Du bist ausgeschieden?«

»Ja.«

»Hat Ihr Ausscheiden irgend etwas mit dem geplanten ›Community Arts Center‹ zu tun, Mrs. MacKensie?«

»Was ist damit?« wollte Taylor wissen.

Ria legte beruhigend die Hand auf seinen Arm. »Indirekt.«

»Hat man Sie gebeten, aus der Firma auszuscheiden?« fragte die Reporterin.

»Nein, Mr. Harvey war ein perfekter Gentleman, wie immer. Er sagte, daß er es aufrichtig bedauere, mich zu verlieren.«

»Aber besser Sie als einen Multimillionen-Dollar-Vertrag.«

Ria ignorierte die Herausforderung in den Worten der Reporterin. »Eigentlich war die Kontroverse um das ›Community Arts Center‹ der Anlaß für mich, etwas zu tun, das ich schon lange tun wollte.«

»Zu kündigen?« fragte Delia.

»Bei *Bishop & Harvey* auszuscheiden, um eine eigene Firma zu gründen.«

Delia Starr war über ihren Block gebeugt und schrieb hastig mit. Ria schaute Taylor an und schüttelte warnend den Kopf. »Taylor steht voll hinter meinem Entschluß.«

»Voll«, echote er.

Doch die Reporterin war ein alter Hase und nicht so leicht zu täuschen. »Sie scheinen überrascht, Mr. MacKensie.«

Taylor lächelte sie gewinnend an. »Ich wußte nicht, daß Ria sich endgültig entschieden hat. Herzlichen Glückwunsch, Darling.« Er küßte sie zärtlich.

»Nun, jetzt kann man Ihnen nicht länger vorwerfen, persönliche Beweggründe bei der Vergabe des Auftrages einfließen zu lassen, Mr. MacKensie«, bemerkte Delia.

»Niemand hat uns das vorgeworfen.« Taylor lächelte immer noch, doch seine Stimme war hart.

»Ich glaube, Sie sollten das um der Klarheit willen in Ihrem Artikel hervorheben.«

Delia Starr verzog keine Miene. »Warum haben Sie so überstürzt geheiratet?« fragte sie dann unvermittelt.

Ria war sprachlos vor Schreck, doch Taylor, der den Umgang mit Presseleuten gewöhnt war, antwortete glatt: »Es war Lust und Liebe auf den ersten Blick. Ich halte nichts von langen Verlobungszeiten. Ich war fünfunddreißig Jahre lang Junggeselle. Als ich Ria sah, wußte ich: die oder keine.«

Er schaute seine Frau an und drückte ihre Hand.

»Es war keine Mußheirat?«

Taylors Finger schlossen sich fester um ihre Hand. Ria hielt den Atem an. Die Reporterin machte sich wieder Notizen. Schließlich schaute sie auf und sah die beiden fragen an.

»Eine Mußheirat?« Taylors Lächeln erreichte seine Augen nicht. »Sie wissen offenbar, daß Ria schwanger ist.«

»Es geht das Gerücht«, gab Delia zurück. »Ich habe vor unserem Interview mit einigen Arbeitskollegen Ihrer Frau gesprochen.«

Nicht mit einigen. Nur mit einem. Mit Guy Patterson, dachte Ria. Er war der einzige, der von dem Baby wußte.

»Ja, wir bekommen ein Baby.« Taylor legte den Arm um Rias Schultern und zog sie an sich. »Und wir freuen uns sehr darauf.«

»Ich bitte Sie, Mr. MacKensie.« Der Ton der Reporterin war wohlwollend vorwurfsvoll. »Sie sind gerade zum Bürgermeister gewählt worden. Hat Ihre überstürzte Heirat mit Mrs. MacKensie irgend etwas mit der Tatsache zu tun, daß sie ein Kind von Ihnen erwartet und Ihre Wähler ein solches Verhalten ihres zukünftigen Bürgermeisters mißbilligen könnten?«

»Ich möchte auch nicht nur eine Anspielung darauf gedruckt sehen.«

»Weil es Ihrer Karriere schaden könnte?«

»Nein, weil es Ihrer schaden könnte.« Taylors Stimme klang drohend. »Wenn Sie auch nur ein einziges verleumderisches Wort über Ria schreiben, werde ich Sie und Ihre Zeitung auf jeden Penny verklagen, den Sie haben.«

Ria konzentrierte ihren Blick auf den Stift der Reporterin, mit dem die Frau ungeduldig auf ihren Block klopfte. Der Rhythmus war fast hypnotisierend.

»Ich habe Taylor geheiratet, weil ich ihn liebe.« Der Stift blieb mitten in der Bewegung stehen. Aus den Augenwinkeln heraus sah Ria, wie Taylor sie überrascht betrachtete. Einen Augenblick lang saßen alle drei wie versteinert da.

Es war Ria, die schließlich das Schweigen brach. »Ihr Glas ist leer, Delia. Möchten Sie noch etwas trinken?«

»Warum hast du das gesagt?«

»Was?« fragte Ria lässig. Die Fenster der Corvette waren heruntergedreht, und sie genoß den Frühlingswind, der in ihr Gesicht und durch ihr Haar wehte.

»Warum hast du Delia gesagt, daß unsere Ehe eine Liebesheirat war?«

Ria sah ihren Mann an. »Um dich vor einem feuerspeienden Drachen namens Delia zu retten. Oder umgekehrt. Du sahst aus, als ob du sie erwürgen wolltest.«

»Es hätte nicht viel gefehlt.«

»Das konnte ich doch nicht zulassen, oder?«

Er bog in einen Stadtpark ein. Sie hatten beschlossen, ihre Cheeseburger lieber draußen zu essen anstatt in dem überfüllten Schnellrestaurant, in dem sie sie gekauft hatten.

»Ich muß deine Abgebrühtheit wirklich bewundern. ›Delia, Ihr Glas ist leer.‹ Dieses scharfzüngige Biest von einer Reporterin fraß dir aus der Hand, als sie am Ende ging.« Er stellte den Motor ab und sah sie von der Seite an. »Ganz zu schweigen von diesem lüsternen Fotografen.«

»Ich weiß nicht, was du meinst.« Ria öffnete die Beifahrertür und stieg aus, wobei sie die Tüte mit ihren Cheeseburgern mitnahm.

»Das weißt du ganz genau.« Taylor schlug seine Tür zu. »›Ihre Wangenknochen sind fotogen, Ria, Darling.‹«

»Das hat er nicht gesagt. Er hat gesagt: ›Ihre Wangenknochen sind *äußerst* fotogen, Ria, Darling.‹«

»Oh, Verzeihung«, erwiderte Taylor trocken. »Welcher ist meiner?«

»Doppelter Cheeseburger? Hier.« Sie reichte ihm seinen Cheeseburger.

»Warum hast du keinen doppelten genommen? Ich will kein unterernährtes Kind.«

»Keine Angst. Du wirst dich noch wundern. Wir werden dir bald die Haare vom Kopf essen. Der Arzt hat mir versichert, es sei normal, am Anfang ein paar Pfund abzunehmen.«

Er musterte sie kritisch. »Du bist zu dünn.«

»Der Fotograf fand, daß ich an den richtigen Stellen rund genug bin.« Sie zwinkerte schelmisch.

Taylor warf seine Serviette nach ihr. »Du bist doch nicht etwa auf sein Gesülze reingefallen?«

»Ich glaube, er meinte es ehrlich«, antwortete sie mit Unschuldsmiene.

Taylor schüttelte den Kopf. »Er wollte dich doch bloß anmachen.«

»Du kennst dich aus, wie?«

»Ich werde mich hüten, aus dem Nähkästchen zu plaudern.« Er grinste. Dann runzelte er die Stirn. »Er war ein eingebildeter Angeber mit einer alten Platte, und seine Jeans waren zu eng.«

»Du trägst deine genauso eng.«

»Das ist dir aufgefallen?« fragte er.

Sie nickte. »Es ist mir aufgefallen.«

»Und, gefällt es dir?«

»Ja, es gefällt mir«, gestand sie leise.

Sie aßen schweigend zu Ende. Als Taylor später allen Abfall in eine Tüte stopfte, meinte er: »Zurück zu meiner ursprünglichen Frage: Warum hast du ihr gesagt, wir hätten aus Liebe geheiratet?«

»Das habe ich ihr nicht gesagt. Ich habe ihr gesagt, *ich* hätte aus Liebe geheiratet.«

»Du weichst meiner Frage aus.«

»Ich mußte doch irgend etwas sagen, um ihr den Wind aus den Segeln zu nehmen«, entgegnete sie fast unwillig. »Und es hat doch funktioniert, oder?«

»Das ist der einzige Grund, warum du es gesagt hast?«

»Natürlich.« Sie konnte ihm nicht in die Augen sehen.

»Und es steckt kein bißchen Wahrheit dahinter?«

»Nein. Wenn wir uns geliebt hätten, hätte es nicht des Babys bedurft, um uns wieder zusammenzubringen, oder?«

Die Abenddämmerung war hereingebrochen. Sie saßen lange schweigend da. »Ich habe dich nicht angerufen, weil ich wußte, daß du einen festen Freund hast«, sagte Taylor schließlich.

»Ich habe nicht gefragt.«

»Aber ich wollte es dir sagen.« Er riß ein Blatt von einem nahen Ast ab und zerpflückte es in kleine Stückchen. »Du hast mich auch nicht angerufen.«

»Es ist nicht meine Art, Männer anzurufen, um mich mit ihnen zu verabreden. In dieser Beziehung bin ich ziemlich altmodisch.«

»Es ist heutzutage nichts Ungewöhnliches, daß eine Frau den ersten Schritt macht.«

»Nun, selbst wenn ich dich hätte anrufen wollen, ich hätte es nicht getan.«

»Warum nicht?«

»Wegen Lisa«, sagte sie leise.

»Was hat Lisa damit zu tun?« wollte er wissen.

»Nun, ihr beide hattet damals doch offensichtlich eine heiße Affäre«, erwiderte sie gereizt.

Er beugte sich vor, bis sein Gesicht nur noch Zentimeter von ihrem entfernt war. »Was dich nicht davon abgehalten hat, mit mir zu schlafen, oder?«

Wenn Taylor auf Streit aus war, sollte er ihn bekommen! Ria straffte sich. »Und mit mir zu schlafen, hat dich nicht davon abgehalten, dich am nächsten Morgen davonzuschleichen.«

»Ich habe mich nicht davongeschlichen.«

»Ha!« Sie warf ihr vom Wind zerzaustes Haar zurück. »Als ich aufwachte, schlichst du auf Zehenspitzen durch mein Wohnzimmer, die Hälfte deiner Sachen und deine Schuhe in der Hand. Klingt das für dich nicht nach davonschleichen?«

»Du hast mich nicht gebeten, zu bleiben.«

»Eher wäre ich gestorben! Ein Mann, der sich klammheimlich davonschleicht . . .«

»Ich habe mich nicht davongeschlichen!« unterbrach er sie laut. »Ich war nur rücksichtsvoll.«

»Oder feige.«

»Ich wollte dich nicht an einem Feiertag aufwecken, wo du dich ausschlafen konntest.«

»Als ob ich mich hätte ausschlafen können, nachdem ich mich die ganze Nacht mit dir auf diese Couch quetschen mußte. Jeder Muskel tat mir weh.«

»Das war nicht vom Schlafen«, erwiderte er und seine Mundwinkel zuckten verräterisch. »Das war, weil du so wild warst und nicht genug bekommen konntest.«

Sie verengte die Augen. »Damals schien es dich nicht zu stören, daß ich so wild war.«

»Nein. Aber ich bin wenigstens ehrlich genug, es zuzugeben.«

»Ich habe nie bestritten, daß mir Heiligabend gefallen hat.«

Er zeigte mit dem Finger auf sie. »Gerade eben hast du bestritten, daß es dir gefallen hast, neben mir unter dem Pelzmantel zu schlafen. Damals hatte ich einen anderen Eindruck. Jedesmal, wenn ich von dir abrücken wollte, hast du gewimmert.«

»Gewimmert? Ich habe noch nie in meinem Leben gewimmert.«

»Ach, nein? Ich werde irgendwann ein Band mitlaufen lassen, wenn wir miteinander schlafen, und es dir dann vorspielen.«

»Wir werden nicht mehr miteinander schlafen«, verkündete sie bestimmt. »Ich weiß, ich war einverstanden, solange mit dir zusammen zu leben, wie wir offiziell verheiratet sind, aber ich halte das für keine gute Idee. Und da wir anscheinend nicht zusammenleben können, ohne miteinander zu schlafen, sollte ich besser wieder nach Hause ziehen.«

Er schlug sich auf die Schenkel. »Na, großartig. Wirklich großartig. Dein Timing ist wie immer perfekt. Kaum erscheint der Artikel über unsere Heirat, da haut die Braut schon wieder ab.«

»Schlecht für deinen Ruf?«

»Du hast es erfaßt.«

»Das ist es, was dich von Anfang an beunruhigt hat, nicht wahr? Der Grund, warum du mich geheiratet hast. Damit dein kostbarer Bürgermeisterposten nicht gefährdet würde.« Sie warf ihm einen giftigen Blick zu und marschierte zum Wagen.

Sie fuhren in feindseligem Schweigen nach Hause. Ria eilte hinein, doch bevor sie die Schlafzimmertür erreichen konnte, hielt Taylor sie am Bund ihrer Bluse fest.

»Laß mich los, Taylor!«

»Nicht bis diese Sache geklärt ist.«

»Es gibt nichts mehr zu klären!«

»Du hältst dich nicht an unsere Abmachung. Wir waren uns einig, als Mann und Frau zusammenzuleben . . . in jeder Beziehung.«

»Okay, dann halte ich mich eben nicht an unsere Abmachung! Es wird keiner wissen.«

»Keiner, außer mir, verdammt noch mal!«

»Du würdest es auch nicht wissen, wenn du dich nicht in einem Zustand ständiger Erregung befinden würdest.«

Er drückte sie gegen die Wand und nagelte sie dort

mit seinem Körper fest. Sein Mund preßte sich hart auf ihren. Als er den Kopf hob, meinte er heiser: »Ich bin nicht immer scharf. Nur wenn ich dich anschaue.«

Sie wimmerte.

6

Ria ließ das Telefon zehnmal klingeln, bevor sie schließlich über das Bett griff und den Hörer abnahm.

»Ria, ich bin froh, daß ich dich erwische. Ich habe mir schon Sorgen gemacht.«

»Hallo, Taylor.«

»Was ist los?«

»Nichts«, erwiderte sie, bemüht, gleichgültig zu klingen.

»Du bist mitten am Tag von der Arbeit nach Hause gegangen.«

»Woher wußtest du, daß ich hier bin?«

»Ich habe bei dir im Büro angerufen, und man sagte mir, du seiest nach Hause gegangen. Was ist los?«

»Ich hatte einfach keine Lust zum Arbeiten.«

»Warum nicht? Ria? Antworte mir. Stimmt etwas nicht?«

»Nein, es ist nichts.« Sie legte auf.

Zehn Minuten später hörte sie Taylors Wagen vorfahren, und kurz darauf kam er ins Schlafzimmer gestürzt.

»Was ist los?« Er eilte zu ihr und setzte sich auf die Bettkante. Sein Blick glitt besorgt über Ria.

»Wahrscheinlich nichts.« Sie versuchte zu lächeln, aber es mißlang kläglich.

»Eben war es noch ›nichts‹. Jetzt ist es ›wahrscheinlich nichts‹. Was denn nun? Ist dir auf der Arbeit schlecht geworden?«

Tränen schimmerten in ihren Augen. »Ich habe Blutungen bekommen«, antwortete sie mit erstickter Stimme.

Taylor schien wie erstarrt, und eine Weile hörte Ria ihn nicht einmal mehr atmen. »Hast du den Arzt angerufen?« fragte er schließlich heiser.

»Sofort. Er hat mir geraten, nach Hause zu gehen und mich ins Bett zu legen. Das habe ich getan.«

»Sonst nichts? Mehr hat er nicht gesagt? Was ist mit Medikamenten?«

»Taylor, dafür gibt es keine Medikamente. Keine Medikamente, die sich als wirksam erwiesen haben.«

»Verdammt, der Arzt muß doch irgend etwas tun können.«

»Er kann nur warten. Genau wie ich.«

Taylor stand auf. Ria blieb auf der Seite liegen und hielt die Augen geschlossen, von der verrückten Angst ergriffen, daß sie auch nur bei der kleinsten Bewegung ihr Baby verlieren könnte. Taylor ging vor dem Bett auf und ab und warf besorgte Blicke auf sie.

»Ich kenne mich in solchen Dingen nicht aus«, meinte er unbehaglich. »Was genau bedeutet es?«

»Es muß gar nichts bedeuten. Es könnte zum Beispiel sein, daß nur ein Blutgefäß geplatzt ist.« Sie holte tief Luft. »Oder die Blutung kommt von der Gebärmutter.« Wenn sie gesehen hätte, wie blaß Taylor bei ihren Worten wurde, hätte sie vielleicht hier aufgehört. »Oder die Plazenta könnte versuchen, sich loszulösen.«

Er schluckte hart. »Im Augenblick ist das einzige, was du tun kannst, im Bett zu bleiben?«

»Ja, bis die Blutungen aufhören.« Sie rollte sich herum, und ihre Unterlippe begann zu zittern. »Taylor, ich habe Angst.«

»Gott, ich auch. Ich auch.« Er legte sich neben sie, zog sie an sich und drückte ihr Gesicht an seine Schulter. »Aber ich bin sicher, daß alles gut wird. So etwas kommt doch bestimmt oft vor, oder?«

»Das hat der Arzt jedenfalls versichert«, antwortete Ria schwach. »Es bestünde kein Grund zur Besorgnis, solange es nicht schlimmer würde.«

Taylor wischte zärtlich die Tränen von ihren Wangen. »Kann ich dir irgend etwas holen? Hast du zu Mittag gegessen?«

»Nein, aber ich möchte nichts.«

»Laß mich dir aus den Sachen helfen.«

Ihr Kostüm war hoffnungslos zerknittert, aber sie hatte es gerade erst bemerkt. »Ich habe mir nicht einmal die Zeit genommen, mich auszuziehen. Der Arzt sagte, ich sollte mich ins Bett legen, und das habe ich getan.«

Taylor half ihr beim Entkleiden. Als sie bis auf die Unterwäsche ausgezogen waren, entschuldigte sie sich und verschwand im Bad, während Taylor nervös auf und ab ging. Als sie, in einen leichten Bademantel gehüllt, wieder auftauchte, war sie blaß und zitterte. Ihre grünen Augen hatten allen Glanz verloren, und ihr Mund war geschwollen, als ob sie sich auf die Unterlippe gebissen hätte.

»Noch immer?« fragte Taylor rauh. Sie nickte. »Nicht besser?«

»Nicht schlimmer.«

»Leg dich wieder hin.« Er half ihr ins Bett, und Ria schloß erschöpft die Augen. »Tut es weh?«

Sie schaute ihn an. »Nicht richtig. Es ist mehr wie Unterleibskrämpfe.« Er nickte ernst. Sie lächelte und kniff ihn in den Arm. »Wieso nickst du? Du hast doch noch nie Unterleibskrämpfe gehabt.«

Er grinste schief. »Gott sei Dank. Würde ein Aspirin helfen?«

»Ich möchte nichts nehmen, ohne vorher den Arzt zu fragen.«

»Bist du in Ordnung? Ich meine, außer den . . . den Unterleibskrämpfen?«

»Ja, ich bin okay. Du kannst jetzt wieder ins Büro zurückfahren. Ich rufe dich an, wenn ich dich brauche.«

Taylor runzelte die Stirn. »Mach mich nicht ärgerlich«, sagte er.

»Aber Taylor, es gibt nichts, was du . . .«

»Ich bleibe hier.«

Ria verstummte. Sie war froh, daß er bei ihr bleiben wollte. Es tat so gut, wenn er ihre Hand hielt.

»Ich wünschte, du würdest etwas essen«, meinte er

nach einem Augenblick. »Du siehst richtig verhungert aus.«

Ria wußte, daß er sich nützlich machen wollte, deshalb ließ sie ihn Käse, Cracker und Fruchtsaft holen.

»Taylor?«

»Hm.«

Er saß auf der Bettkante und starrte aus dem Fenster. Die Sonne stand schon tief am Horizont, und die Schatten wurden länger.

»Woran denkst du?«

»Daß dies der längste Nachmittag in meinem Leben ist.« Er streichelte ihre Wange. »Ich weiß, für dich muß er noch länger sein.«

Ria schwieg einen Augenblick. »Wenn wir über das Baby gesprochen haben«, begann sie langsam, »haben wir immer über ein . . . gesundes Baby gesprochen.«

»Was willst du damit sagen?« Ohne sich dessen bewußt zu sein, ließ er die Hand sinken.

»Wie würdest du über das Baby denken, wenn es nicht so gesund wäre? Wenn . . . wenn es nicht perfekt auf die Welt käme, wie würdest du dann über es denken?«

Taylor gab keine Antwort, sondern schaute sie nur mit unbewegter Miene an.

Nervös fuhr sie fort: »Es ist ein natürlicher Instinkt des Körpers, zu versuchen, etwas abzustoßen, das nicht perfekt ist. Manchmal sollte man eine Fehlgeburt als Segen betrachten.«

Taylor schwieg einen langen Augenblick. Als er schließlich antwortete, war offensichtlich, daß er ärgerlich war. »Wie konntest du mir eine solche Frage stellen? Glaubst du wirklich, ich wäre so oberflächlich? Wir kannten uns nicht sehr gut, als wir geheiratet haben, aber ich dachte, du würdest mich inzwischen besser kennen.«

Ihre Augen füllten sich mit Tränen. »Es tut mir leid, Taylor«, sagte sie leise. »Du hast recht. Ich kenne dich eigentlich zu gut, um dich das fragen zu müssen.«

Er legte beschützend die Hand auf ihren Bauch. »Ich liebe das Baby. Ich will es. Gleichgültig, was das Schicksal mit uns vorhat.«

Ria drehte den Kopf weg, nicht weil sie nicht wollte, daß er ihre Tränen sah, sondern weil sie es nicht ertragen konnte, seine zu sehen.

»Ich glaube, du solltest mich besser ins Krankenhaus fahren.« Ria stand in der offenen Badezimmertür. Sie zitterte am ganzen Körper und sah aus, als ob sie jeden Moment zusammenbrechen würde.

Taylor vergeudete keine Zeit mit unnötigen Fragen. Er rief den Arzt an und informierte ihn, daß sie sofort losfahren würden. Dann kümmerte er sich um Ria.

Er hob sie hoch und trug sie zur Haustür. »Hast du Schmerzen?«

»Es geht.«

Ihre weißen Lippen verrieten ihm, wie schlimm es wirklich war. Er setzte sie in den Wagen, legte ihr den Sicherheitsgurt an und raste zum Krankenhaus. Ihr Gynäkologe hatte schon veranlaßt, daß draußen ein Rollstuhl auf sie wartete. Als Taylor Ria hineinhob, ergriff sie seine Hand und preßte sie gegen ihre tränennasse Wange.

»Es tut mir so leid. Es tut mir so leid.«

Bevor Taylor antworten konnte, hatte ein Pfleger den Rollstuhl bereits herumgedreht und schob ihn auf die automatischen Glastüren zu.

Draußen vor dem Untersuchungszimmer rutschte Taylor unruhig auf den unbequemen Plastikstühlen hin und her. Er trank schalen Automatenkaffee. Er ging auf und ab. Er fluchte. Er betete. Nach scheinbar einer Ewigkeit kam der Arzt heraus und schüttelte ihm ernst die Hand.

»Hallo, Mr. MacKensie. Ich kenne Sie von Zeitungsfotos her.«

»Wie geht es Ria?«

»Sie hat das Baby leider verloren.«

Taylor sank gegen die Wand und schloß die Augen. »Warum?« murmelte er hilflos.

»Es hat sicherlich nicht an Mrs. MacKensie gelegen«, erklärte der Arzt. »Es war einfach einer jener Unfälle der Natur.«

»Ein Segen«, erwiderte Taylor bitter.

»Ich weiß, es ist schwer, es so zu sehen.«

»Sie haben recht, Doktor. Verdammt schwer.« Taylor atmete tief aus. »Wie geht es Ria?«

Der Arzt schüttelte besorgt den Kopf. »Das Ganze hat sie natürlich sehr mitgenommen. Ich bringe sie nach oben.«

»Nach oben?«

»Ja. Wir müssen eine Ausschabung vornehmen. Ihre Frau kann morgen früh wieder nach Hause, aber sie sollte sich noch ein paar Tage schonen. Was sie jetzt am meisten braucht, ist seelische Unterstützung, und die können Sie ihr geben, Mr. MacKensie.«

Es dauerte noch mehrere Stunden, bis Ria in ein Privatzimmer gebracht wurde und Taylor sie sehen durfte. In der Zwischenzeit rief er seine Sekretärin zu Hause an und bat sie, seine Termine für den nächsten Tag, Freitag, abzusagen. Er würde erst am Montag wieder ins Büro kommen. Anschließend rief er Delia Starr an.

»Ria hatte heute abend eine Fehlgeburt«, erklärte er der Reporterin.

Einen Moment lang war es still am anderen Ende der Leitung. »Das tut mir schrecklich leid«, meinte Delia dann.

»Ich möchte, daß das Baby in Ihrem Artikel am Sonntag mit keinem Wort erwähnt wird.«

»Dafür ist es zu spät, Taylor.«

»Den Teufel ist es!«

»Das Manuskript ist schon in der Redaktion.«

»Dann holen Sie es zurück! Ich will nicht, daß Ria die Zeitung aufschlägt und über das Baby liest, das sie nicht bekommen wird. Es ist mir egal, wie Sie es machen, nur machen Sie es!«

»Ich werde tun, was ich kann«, versprach Delia, und Taylor wußte, daß er sich auf sie würde verlassen können.

Im Krankenzimmer war es dunkel. Nur eine kleine Nachtlampe brannte. Taylor glaubte, Ria würde schlafen, doch als er sich leise dem Bett näherte, sah er, daß ihre Augen offen waren. Sie lag regungslos da, die rechte Hand auf ihren Bauch gelegt, und starrte an die Decke.

»Wie fühlst du dich?« fragte Taylor leise.

Sie drehte den Kopf und sah ihn an. »Leer.«

Die Tonlosigkeit ihrer Stimme beunruhigte ihn. Er

nahm die Hand, die auf ihrem Bauch lag, und drückte sie, doch Ria schien es nicht zu bemerken.

»Ich habe gewöhnlich jede Woche Stunden in einem Fitneßcenter trainiert, nur um einen flachen Bauch zu behalten.« Sie lachte freudlos. Taylor sah, wie Tränen aus ihren Augen über ihr Gesicht rollten.

»Hast du Schmerzen?«

»Nein. Der Arzt hat mir eine Spritze gegeben, damit ich schlafen kann. Deshalb bin ich so benommen.«

»Das macht nichts. Er sagte, du würdest viel Ruhe brauchen.«

»Er hat auch gesagt, es gäbe keinen Grund, warum ich nicht wieder ein . . . ein . . .« Sie konnte nicht weitersprechen und schloß die Augen.

Taylor beugte sich über sie, stützte den Arm auf das Kopfende des Bettes und drückte fest Rias Hand. »Nicht, Ria! Wein nicht mehr! Schlaf jetzt!«

»Ich muß immer an das Baby denken.« Ihre Stimme war rauh. »Es ist nicht mehr da. Es existiert nicht mehr.«

»Schsch.« Taylor küßte sie auf die Lider, doch immer noch rollten Tränen ihre Wangen hinunter. Er zog einen Stuhl an das Bett heran, setzte sich und wich nicht von ihrer Seite, bis das Beruhigungsmittel wirkte und sie einschlief.

Die Sonne ging schon auf, als er Rias Zimmer verließ. Er fuhr nach Hause, duschte sich und aß hastig eine Portion Rührei. Er verschlang sie hungrig, da er seit dem Lunch am Vortag nichts mehr gegessen hatte. Er stärkte sich mit mehreren Tassen schwarzem Kaffee, bevor er mit Kleidung zum Wechseln für Ria ins Krankenhaus zurückkehrte.

Im Geschenkkiosk in der Eingangshalle kaufte er ein paar Blumen. Er hatte Rosen gewollt, doch sie hatten nur rote, und die erinnerten ihn unangenehm an Blut. Schließlich entschied er sich für einen Strauß gelbe Margeriten. Als er aus dem Aufzug stieg, sah er Rias Arzt auf dem Gang vor ihrem Fenster.

»Ich habe Ihre Frau gerade untersucht«, erklärte er Taylor. »Physisch geht es ihr gut, aber sie ist sehr deprimiert. Je eher sie ihre normale Routine wieder aufnehmen kann, desto besser. Ich habe ihr gesagt, sie müßte in sechs Wochen noch einmal vorbeikommen.«

Damit war er weg. Taylor hätte ihn am liebsten bei den flatternden Schößen seines weißen Kittels gepackt und ihm tausend Fragen gestellt, doch Ria war jetzt wichtiger.

Mit ihrem Koffer in einer Hand und den Blumen in der anderen betrat er ihr Zimmer. Ria stocherte in einem Teller mit klumpiger grauer Hafergrütze herum.

»Da weiß ich etwas Besseres«, meinte er und deutete mit dem Kopf auf ihr Frühstückstablett. Er legte den Strauß daneben und stellte den Koffer auf den Boden. »Du hast noch nie meine fantastischen Belgischen Waffeln gegessen, oder?«

Sie lächelte matt. »Danke für die Blumen. Und daß du mir meine Sachen mitgebracht hast.«

»Ich hoffe, ich habe alles mitgebracht, was du brauchst.«

Sie schob das Tablett beiseite und schwang die Beine aus dem Bett. Taylor unterdrückte den Impuls, ihr beim Aufstehen zu helfen. »Ich habe mich schon geduscht, es wird also nicht lange dauern.« Er verstand. Sie wollte sich allein anziehen.

»Ich werde mich um die Entlassungspapiere kümmern«, meinte er, während er rückwärts in Richtung Tür ging.

»Ich habe sie schon unterschrieben.«

»Dann werde ich die Rechnung bezahlen.«

»Das habe ich auch schon erledigt.«

Taylors Lippen preßten sich zu einem schmalen Strich zusammen. »Du warst heute morgen schon sehr beschäftigt.«

»Entschuldige mich, bitte«, erwiderte sie kalt. »Ich möchte mich anziehen, damit ich so schnell wie möglich hier rauskomme.«

Als Ria ein paar Minuten später aus dem Zimmer kam, wirkte ihr Lippenstift ungewöhnlich grell im Kontrast zu ihrer Blässe. Sie bedachte den Rollstuhl mit einem vernichtenden Blick.

»Ich kann das Krankenhaus auf meinen eigenen zwei Beinen verlassen.«

»Ihre Anweisung, nicht meine.« Taylor, nicht die Krankenschwester, hatte die Hände auf den Griffen des Rollstuhls. Und er, nicht die Schwester, bedeutete ihr mit einem brüsken Nicken, sich hineinzusetzen. Er war fast am Ende mit seiner Geduld.

Sobald sie im Wagen saßen, meinte Ria: »Du kannst mich zu Hause absetzen. Ich komme später vorbei, um meine Sachen zu packen.« Taylor fuhr absichtlich an der Abbiegung vorbei. »Hast du gehört, was ich gesagt habe?« fragte sie.

»Gehört schon, aber es interessiert mich nicht«, erwiderte er, ohne sie anzusehen.

Ria starrte geradeaus. »Wie du willst. Vielleicht ist es so besser, weil ich sowieso meinen Wagen brauche. Dann kann ich alles auf einmal transportieren.«

Taylor drehte das Radio lauter.

Als er vor seinem Haus anhielt, wollte er Ria die Tür öffnen und ihr beim Aussteigen helfen, doch sie schien entschlossen, alles allein zu tun, und wies seine Hilfe zurück. Einmal im Haus, ging sie direkt zum Schlafzimmerschrank und begann, ihn auszuräumen. Als sie das erste gefaltete Kleid in den offenen Koffer legen wollte, trat Taylor vor und riß es ihr aus der Hand.

»Was zum Teufel ist los mit dir? Was machst du da?«

»Gib mir mein Kleid zurück. Ich packe.«

»Warum?«

»Ich ziehe wieder nach Haue.« Sie machte sich nervös daran, die Sachen vom Bett in den Koffer zu stopfen.

»Ich halte es für besser, wenn du hierbleibst.« Taylor hörte sich an, als dulde er keinen Widerspruch.

Ria warf einen Spitzenteddy in den Koffer und fuhr herum. »Warum?«

»Der Arzt sagte, du brauchtest Bettruhe, zumindest über das Wochenende.«

»Ich habe ein Bett zu Hause.«

»Aber wirst du auch liegenbleiben?«

»Ja.«

»Eben nicht!«

»Eben doch!«

»Ria, ich lebe jetzt seit mehreren Wochen mit dir zusammen. Du setzt dich nicht mal vor den Fernseher, solange auch nur ein einziges schmutziges Glas in der Spüle steht.«

Sie hob die Schultern. »Ich verspreche, daß ich mich schonen werde«, antwortete sie müde. »Okay?«

»Du mußt richtig essen, und das wirst du nicht tun, wenn ich nicht da bin und dich dazu zwinge.«

»Woher weißt du das?«

»Ich habe gesehen, wie du heute morgen in der Hafergrütze herumgestochert hast.«

»Sie war scheußlich. Du hättest sie auch nicht gegessen.«

»Ich mußte es auch nicht.«

»Ich kann mir selbst frisches Essen kochen.«

»Genau das ist es. Du solltest nicht aufstehen, um dir etwas zu kochen, geschweige denn zum Markt gehen.«

»Ich werde schon nicht verhungern, Taylor. Du sprichst von mir wie von einer Invalidin. Ich bin fast dreißig Jahre lang sehr gut ohne dich zurechtgekommen.« Ria wußte, daß er darauf keine Antwort haben würde.

Taylor versuchte es anders. »Was wirst du deinen Eltern sagen?«

»Oh.« Ihr triumphierendes Lächeln verschwand. »Das hatte ich vergessen.«

»Dann ist es gut, daß ich dich daran erinnert habe. Sie kommen doch am Sonntag hierher, um mich kennenzulernen, oder?«

»Ich werde sie anrufen und ihnen sagen, es sei etwas dazwischengekommen.«

»Es würde dir nicht ähnlich sehen, eine so wichtige Verabredung abzusagen. Sie würden sich denken, daß irgend etwas nicht stimmt, wahrscheinlich trotzdem herkommen, um herauszufinden, was los ist, und wenn sie dann hier ankämen und du nicht da wärst . . .«

»Na schön!« Sie sank aufs Bett, und ihre Schultern

sackten müde herunter. Der Arzt hatte recht. Sie brauchte Zeit, um wieder zu Kräften zu kommen, ihr Körper dabei weniger als ihre Psyche. »Vielleicht könnte ich bis Sonntagabend hierbleiben, bis Mom und Dad wieder weg sind. Ich werde mir später etwas ausdenken, wie ich ihnen das mit uns erkläre.«

Taylor setzte sich neben sie. »Eigentlich finde ich, du solltest für . . . eine ganze Weile hierbleiben.«

»Auf unbestimmte Zeit, meinst du?«

»Ja.«

»Warum?«

Er zuckte mit den Schultern. »Es gibt eine Menge Gründe.«

»Nenn mir einen.«

»Du bist gerade erst hier eingezogen«, antwortete er knapp.

»Und was werden die Leute sagen, wenn ich jetzt schon wieder ausziehe? Ist es das, was du sagen willst?«

»Nein, Ria.«

»Nein?« Sie sprang auf. »Ich glaube, ich verstehe. Dein ganzes Gerede über ausruhen, richtig essen, meine Eltern zu schonen ist nur ein Vorwand. Du willst nicht, daß deine Wähler erfahren, daß dich deine neue Frau verlassen hat.«

»Du weißt, daß das nicht der Grund ist, warum ich will, daß du bleibst.«

»Und wenn sie herausfinden würden, daß ich ein Baby verloren hätte, würdest du erst recht schlecht dastehen, nicht wahr? Dann wären sie vielleicht gar nicht mehr so begeistert von ihrem neuen Bürgermeister.«

»Mein Bürgermeisteramt hat nichts damit zu tun, daß ich dich bitte, nicht fortzugehen.«

»Dann muß es der kostenlose Sex sein.«

»Was?« fragte er wütend.

»Sicher, warum solltest du Geld für Lisa und ihresgleichen ausgeben, wenn du jede Nacht eine kostenlose Gespielin im Bett haben kannst?«

Er preßte die Lippen fest aufeinander. »Ich kann mich nicht erinnern, dich jemals zu irgend etwas gezwungen zu haben«, stieß er hervor.

»Bis jetzt noch nicht«, gab sie bissig zurück. »Aber zu deiner Information, ich bin für sechs Wochen aus dem Spiel.«

Er fluchte so heftig, daß Ria unwillkürlich zusammenzuckte.

»Wofür hältst du mich, für ein Tier?« Er lachte kurz und bitter auf.

»Denkst du, es geht darum, ja? Um Sex? Ha! Bilde dir bloß nichts ein. Davon hatte ich auch vor Heiligabend genug, und *kostenlos*. Das war nicht das erste Abenteuer für eine Nacht in meinem Leben, weißt du.« Er atmete einmal tief durch. »Oder das beste.«

Ria hatte das Gefühl, als ob er sie geschlagen hätte. Doch anstatt ihm zu zeigen, wie sehr er sie verletzt hatte, reckte sie das Kinn ein Stück höher. »Warum willst du dann mit mir verheiratet bleiben?«

»Um das Gesicht zu wahren, natürlich, ganz wie du gesagt hast. Bleib bei mir, bis ich offiziell als Bürgermeister vereidigt worden bin. Wenn du mich danach verlassen willst, werde ich nicht versuchen, dich aufzuhalten. Ich denke, soviel bist du mir schuldig.«

Rias Kraft und ihr Widerstand verließen sie im selben Augenblick. Sie sank müde aufs Bett zurück und holte tief Luft.

»Also gut, Taylor. Ich werde bleiben.«

7

»Noch etwas Kaffee, Frida?« Taylor beugte sich vor, um seiner Schwiegermutter Kaffee nachzuschenken. Sie hatten zu viert zu Abend gegessen und saßen jetzt draußen auf der Terrasse.

Mrs. Lavender lächelte zu ihm auf. »Versuchst du, dich bei mir einzuschmeicheln?«

»Natürlich«, gestand er mit einem breiten Grinsen. »Ich möchte doch einen guten Eindruck machen.«

Seine Schwiegereltern lachten über seine entwaffnende Ehrlichkeit. Auf Robert Lavenders Drängen begann Taylor, einige der Stadtverbesserungsprogramme zu erläutern, die er anregen wollte, sobald er sein Amt angetreten hatte.

Ria, die Füße auf den Sessel hochgezogen, beobachtete die drei. Der Tag war gut verlaufen, weitaus besser, als sie erwartet hatte. Sie hatte Angst vor dem Besuch ihrer Eltern gehabt. Angst davor, die zwei Menschen, die sie am meisten liebte und respektierte, täuschen und ihnen die Rolle der glücklichen Neuvermählten vorspielen zu müssen.

Als sie ihren Eltern morgens die Tür geöffnet hatte, wäre sie fast in Tränen ausgebrochen. Sie war versucht gewesen, sich in ihre Arme zu werfen und ihnen die ganze häßliche Geschichte zu erzählen. Wenigstens hatte sie nicht über die Fehlgeburt sprechen müssen. Ihnen nichts von ihrer Schwangerschaft zu erzählen war eine der weisesten Entscheidungen in Rias Leben gewesen. Sie würden ohnehin schockiert sein, wenn die kurze Ehe ihrer Tochter mit einer Annullierung endete. Warum sie noch mehr aufregen mit der Nachricht von dem Enkelkind, das sie verloren hatten?

Es war in erster Linie Taylors Verdienst, daß der Tag so glatt lief. Ria konnte verstehen, warum er zum Bürgermeister gewählt worden war. Er war der geborene Politiker. Er war charmant und aufmerksam, ein hervorragender Unterhalter und ein noch besserer Zuhörer. Und er war ein vorbildlicher Ehemann. Das einzige, was Ria störte, war die Tatsache, daß es nur eine Rolle war, die er spielte.

Ihre Auseinandersetzung am Freitagvormittag über die Frage, ob sie bleiben oder gehen würde, hatte sie fast ihre ganze Kraft gekostet. Nachdem sie ihre Kleidung gemeinsam wieder in den Schrank eingeräumt hatten, hatte Taylor Ria befohlen, sich hinzulegen, und sie hatte widerspruchslos gehorcht. Sie hatte fast den ganzen Tag verschlafen. Taylor hatte ihr am späten Nachmittag ein Tablett mit Essen ins Schlafzimmer gebracht, und sofort nachdem sie gegessen hatte, war sie wieder eingeschlafen.

Als sie am Samstagmorgen aufgewacht war, hatte sie bemerkt, daß Taylors Seite des Bettes unbenutzt war. Sie war auf Zehenspitzen durch das Haus geschlichen und hatte ihn halb auf und halb vor der Couch liegend gefunden. Sie hatte ein schlechtes Gewissen gehabt bei dem Gedanken, ihn aus seinem eigenen Bett vertrieben zu haben, und beschloß, ihm als Wiedergutmachung Frühstück zu machen.

Ein paar Minuten später war er in die Küche gestolpert, wo sie schon die Kaffeemaschine angestellt hatte. »Wieso bist du auf?« Er hatte sich ein Laken nachlässig um den Bauch geschlungen und hielt es mit einer Hand fest, während er sich mit der anderen den Kopf kratzte. Er gähnte breit.

»Ich mache Kaffee. Du siehst aus, als ob du welchen gebrauchen könntest.«

»Geh wieder ins Bett. Ich bringe ihn dir.«

»Ich bin okay.«

»Geh ins Bett oder . . .«

»Ich . . .«

». . . oder ich lasse das Laken fallen«, warnte er leise.

Ria kehrte eilig ins Bett zurück. Zu dem Kaffee brachte Taylor ihr drei Scheiben knusprig gebratenen Schinken und die größte Waffel, die sie je gesehen hatte. Ihre Ecken ragten über den Tellerrand hinaus.

»Warum stopfen wir sie nicht aus und benutzen sie als Sofakissen?«

Taylor konnte über ihren Witz nicht lachen. Er

nahm eine Gabel auf und schloß Rias Finger darum. »Iß sie auf. Bis auf den letzten Krümel!«

Sie schaffte nur die halbe Waffel, bevor sie mit der Bitte um Gnade aufgab.

So ging es den ganzen Tag. Taylor ließ nicht zu, daß sie irgend etwas tat. Als sie sich beklagte, daß sie im Schlafzimmer verrückt würde, erlaubte er ihr, sich in eine der Liegen auf der Terrasse in die Sonne zu legen.

»Ich fahre jetzt einkaufen«, erklärte er, als er mit einem Notizblock zu ihr kam. Er setzte sich rittlings auf das Fußende der Liege und sah Ria an. »Was sollen wir unseren Gästen morgen mittag servieren?«

Sie runzelte die Stirn. »Darüber habe ich noch gar nicht nachgedacht«, gestand sie. »Wie wäre es mit Hühnchenpasteten, einem großen grünen Salat, Petersilienmöhren und Erdbeertörtchen? Ich werde um zehn Uhr mit den Vorbereitungen anfangen, so daß wir um zwölf essen könnten.«

»Warte«, meinte er, während er anfing, sich Notizen zu machen. »Ich hole also einen Schinken und Kartoffelsalat aus dem Delikatessenladen, frisches Obst und Brie, Stangenbrot und Butter. Eine gute Idee, Ria. Und ich finde, Sorbet klingt phantastisch zum Dessert. Was möchtest du, Orange oder Limone?«

»Taylor!«

»Ich werde zum Abendessen Steaks hier draußen auf der Terrasse grillen. Kartoffeln zu backen ist keine Arbeit.« Sie wollte protestieren, doch er legte einen Finger auf ihre Lippen. »Aber wenn du ein braves Mädchen bist und dich heute noch ausruhst, darfst du morgen wenigstens deinen ›großen grünen Salat‹ machen.«

Der spontane Kuß, den er ihr auf den Mund gab,

überraschte sie beide. Einen Moment lang sahen sie sich an. Dann verabschiedete Taylor sich knapp und ging.

Am nächsten Morgen, bevor die Lavenders eintrafen, lasen Ria und Taylor Delia Starrs Artikel über sie. »Hier drin steht nichts von dem Baby«, bemerkte Ria überrascht.

»Dafür habe ich gesorgt.«

Sie legte die Zeitung in ihren Schoß. »Wann?«

»Ich habe Delia aus dem Krankenhaus angerufen. Ich wußte, du würdest keine öffentlichen oder privaten Erklärungen abgeben wollen.«

»Danke, Taylor.« Sie streckte die Hand aus und berührte seine Schulter. Er bedeckte ihre Hand mit seiner.

Und jetzt spielten sie schon den ganzen Tag Rias Eltern zuliebe das verliebte Ehepaar. Es ging Ria langsam auf die Nerven, und zwar deshalb, weil sie manchmal vergaß, daß sie nur schauspielerten. Taylor war aufmerksam und sprang jedesmal an ihre Seite, wenn sie etwas hochhob, das schwerer war als eine Feder. Einmal, als sie sich bückte, um eine Serviette aufzuheben, die auf den Boden gefallen war, hätte er Ria fast umgeworfen bei dem Versuch, sie schneller zu erreichen.

»Wirst du dich jetzt entspannen?« sagte sie halblaut, nachdem sie ihn unter einem Vorwand in die Küche gerufen hatte.

»Wenn du aufhörst, Dinge zu tun, die du nicht tun solltest.«

»Sie wissen nichts von ... von dem Baby.« Sie brachte das Wort *Fehlgeburt* nicht über ihre Lippen. »Sie werden mißtrauisch werden, wenn du nicht aufhörst, dich wie ein Narr zu benehmen.«

»Sie erwarten von mir, daß ich mich wie ein verliebter Narr benehme und meiner Frau jeden Wunsch von den Augen ablese.«

»Nun, dein Enthusiasmus macht mich verrückt. Hör auf damit!«

Doch er tat es nicht. Er war ständig in ihrer Nähe, berührte ihre Wange, massierte ihren Nacken, legte fürsorglich den Arm um sie. Einmal, obwohl kein zwingender Grund vorlag, beugte er sich vor und küßte zärtlich ihre Lippen. Sie spürte ein Kribbeln im Magen, bevor sie sich daran erinnerte, daß seine Zärtlichkeitsbezeugungen berechnet und nur Teil seiner Rolle waren.

»Ria? Hast du gehört, was ich gesagt habe?«

Die Stimme ihres Vaters riß sie aus ihren Gedanken, und sie stellte fest, daß alle sie neugierig ansahen.

Taylor trat sofort an ihre Seite. »Bist du in Ordnung?« fragte er besorgt.

»Ja, natürlich. Ich habe nur einen Augenblick nicht zugehört. Was hast du gesagt, Dad?«

»Ich sagte, daß ich froh bin, daß du nicht diesen Wichtigtuer Guy Soundso geheiratet hast.«

Taylor legte die Hand in Rias Nacken. »Ich bin ganz deiner Meinung, Robert.«

»Ich glaube, jetzt kann ich dir sagen, Ria, daß dein Vater und ich Guy nie besonders gemocht haben«, fügte Frida Lavender hinzu. »Taylor paßt viel besser zu dir.« Sie blickte ihn liebevoll an. »Ich finde es so romantisch, daß ihr euch an Heiligabend kennengelernt habt.«

»Ja, sehr romantisch«, antwortete Ria unbehaglich.

»Ich schätze, es war vom Schicksal vorherbestimmt, daß wir ausgerechnet zu der Zeit diese Reise nach London gemacht haben«, bemerkte Mr. Lavender.

Taylor legte die rechte Hand auf sein Herz. »Dann werde ich dem Schicksal ewig dankbar sein.«

Sie lachten, doch dann wurde Frida ernst und seufzte. »Wir wären so gern bei eurer Hochzeit dabei gewesen. Es kam so plötzlich. Manchmal kann ich gar nicht glauben, daß meine kleine Ria tatsächlich geheiratet hat. Es fehlt etwas, so ohne Kirche und Orgel und Blumen. Ohne das ganze Drum und Dran.«

»Mom, ich ...« begann Ria.

»Es war ganz allein meine Schuld«, unterbrach Taylor sie. »An dem Abend, als wir uns kennenlernten, hat es sofort zwischen uns gefunkt.« Er lächelte und schaute Ria zärtlich an. »Als ich sie schließlich überreden konnte, mich zu heiraten, schlug ich vor, es sofort und so still wie möglich zu tun. Bitte verzeiht uns, aber ich wollte nicht, daß meine politischen Gegner dachten, ich wollte mich wegen der Wahl in Szene setzen, da soviel Aufhebens um meinen Junggesellenstand gemacht worden war.« Er zuckte bedauernd mit den Schultern.

»Und« – er hielt inne, um die Bedeutung seiner Worte zu unterstreichen – »das Eheversprechen bedeutete etwas so Persönliches und Besonderes für Ria und mich, daß wir egoistischerweise niemanden daran teilhaben lassen wollten.«

Mrs. Lavenders Augen wurden feucht. »Ria kann sich glücklich schätzen, daß sie einen Mann mit deiner Feinfühligkeit gefunden hat, Taylor.«

Robert Lavender griff nach der Hand seiner Frau. »Zeit zu gehen!« verkündete er lächelnd. »Wenn sie einmal anfängt zu weinen, gibt es kein Halten mehr.

Außerdem haben wir noch hundert Meilen vor uns.«

Als sie zusammen in der Tür standen, den Arm um die Taille des anderen gelegt, versprachen Ria und Taylor Dinge, von denen sie wußten, daß sie sie nie würden einhalten können: daß sie Rias Eltern bald besuchen und ihnen erlauben würden, eine Dinnerparty zu geben, damit sie Taylor all ihren Freunden vorstellen konnten.

Als die Rücklichter des Lavenderschen Wagens die Straße hinunter verschwanden, war Ria mit den Nerven am Ende. Sie schloß die Tür mit mehr Nachdruck als nötig. »Du hättest es nicht übertreiben müssen, finde ich«, sagte sie ärgerlich.

Taylor war überrascht. »Ich dachte, ich hätte meine Rolle als zärtlicher und aufmerksamer Ehemann sehr überzeugend gespielt.«

»Oh, das hast du. Jedes Wort war so zuckersüß wie die Waffel, die ich gestern essen mußte.«

»Also, worüber beklagst du dich?«

Sie stemmte die Hände in die Seiten. »Hättest du nicht etwas weniger charmant sein können? Ein bißchen mehr den Macho rauskehren? Wenigstens ein bißchen unaufmerksamer? Sie werden schockiert sein, wenn wir uns trennen. Sie werden sich fragen, wie ich so dumm sein konnte, mir einen Traumprinzen wie dich durch die Finger schlüpfen zu lassen. Sie wären vielleicht erleichtert über unsere Trennung, wenn du dich heute wenigstens ein einziges Mal daneben benommen hättest, anstatt so verdammt perfekt zu sein.«

»Entschuldige«, entgegnete er sarkastisch. »Das nächste Mal werde ich mich bemühen, mich mehr wie der Wichtigtuer Guy zu geben.«

»Meine Eltern kannten ihn nicht sehr gut, sonst hätten sie ihn nicht so genannt.«

»Sie kannten ihn gut genug, um ihn nicht zu mögen. Aber du hast ihn, verdammt noch mal, gemocht, oder?«

»Ja.«

»Wie lange warst du mit ihm zusammen? Und was hat er angestellt, daß du so vernarrt in ihn warst, wo ihn sonst niemand leiden kann?« Seine blauen Augen funkelten. »Oder geht es mich nichts an?«

Ria warf den Kopf zurück. »Es geht dich nichts an«, antwortete sie spitz.

Taylor ging fluchend auf die Garage zu. »Ich gehe joggen!«

Als er zurückkam, war Ria schon im Bett. Sie stellte sich schlafend, als er ins Bad ging und die Tür hinter sich schloß. Augenblicke später hörte sie, wie er die Dusche anstellte.

Der Tag hatte sie völlig geschafft, und sie fühlte sich plötzlich schrecklich einsam. Tränen stiegen ihr in die Augen und liefen ihre Wangen hinunter.

Als Taylor aus dem Bad kam, bemühte sie sich, das Schluchzen zu unterdrücken, doch er mußte etwas bemerkt haben. Er ging zum Bett hinüber und beugte sich über sie.

»Ria? Weinst du? Ist irgend etwas?« wollte er wissen.

Sie schüttelte den Kopf. »Nein, es ist nichts.«

Er schlug die Decke zurück und drehte Ria auf den Rücken. »Aber du weinst doch.«

Sie wischte sich hastig die Tränen von den Wangen. »Ja, ich heule.« Ihre Stimme war voller Selbstverachtung. »Ich habe nie geheult, und jetzt tue ich seit drei Tagen nichts anderes.«

»Das ist dein gutes Recht. Der Arzt hat mir gesagt, daß du eine gute Woche ziemlich niedergeschlagen sein würdest.«

Er trug nur ein Handtuch um die Hüften, und das Haar klebte ihm feucht am Kopf. Ria wollte seinen Mund küssen, seinen Hals, seine Brustwarzen, die sich in der Kühle des Zimmers aufgerichtet hatten. Sie wollte mit der Zunge jeden Wassertropfen auffangen, der noch an seinem Körper hing, und da sie nichts von alldem tun konnte, begann sie wieder zu weinen.

»Was habe ich jetzt wieder Falsches gesagt?« Taylor setzte sich verwirrt neben sie und nahm sie in die Arme. »Hör zu, es tut mir leid, daß ich vorhin so gereizt war. Es war auch für mich ein harter Tag.«

»Ich hätte dir eben nicht zumuten sollen, dich mit meinen Eltern zu treffen.«

»Ich wollte es doch, oder? Und das mit Guy habe ich nicht so gemeint. Na ja, ich habe es schon so gemeint – ich mag ihn auch nicht –, aber es tut mir leid, wenn ich deine Gefühle verletzt habe.« Er strich das Haar aus ihrem Gesicht zurück.

Ria sah ihn an. »Und mir tut es leid, daß ich so ein Chaos angerichtet habe«, sagte sie leise.

»Was für ein Chaos?«

»Nun, in deinem Leben.«

Er sah sie verständnislos an.

»Taylor, ist dir noch nie der Gedanke gekommen, daß, wenn ich noch ein paar Wochen gewartet hätte, du überhaupt nicht in die ganze Sache verwickelt worden wärst?« Er hielt ihr einen Zipfel des Lakens hin, und sie wischte gehorsam ihre Tränen ab. »Ich hätte das Baby verloren, und du hättest nie etwas davon erfahren. Aber nein, ich mußte wie ein Bulldozer in dein Leben einbrechen und verlangen, daß du mich heiratest.«

»Nun komm, du bist eher ein Schmetterling als ein Bulldozer.« Er zog ihren Kopf an seine Brust. »Ist dir noch nie der Gedanke gekommen, daß ich *dein* Leben ruiniert habe? Es ist meine Schuld, daß du schwanger geworden bist.«

»Wir waren beide schuld.«

»Aber ich hätte ein Kondom benutzen sollen. Ich hätte . . . aufpassen sollen, du weißt schon.«

Eine lange Weile waren beide still. Schließlich flüsterte Ria: »Ich glaube nicht, daß ich das zugelassen hätte.«

»Vielleicht nicht beim erstenmal. Es passierte so schnell.«

»Wir hatten den Kopf verloren. Konnten nicht denken.«

»Aber beim zweitenmal. Und beim dritten.« Er vergrub die Finger in ihrem Haar und begann, ihre Kopfhaut zu massieren. »Wir hatten genug Zeit, verantwortungsbewußt zu denken, und wir haben es nicht getan.«

»Es ist zu spät, sich Vorwürfe wegen Heiligabend zu machen.«

»Aber nicht wegen unserer Flitterwochen.«

»Flitterwochen?«

»Die letzten Wochen. Ria, hat es eine Nacht gegeben, in der wir uns nicht geliebt haben?«

»Nein.«

»Ganz zu schweigen von den vielen Malen am Tag . . .« Er brach ab und fuhr sich durch das Gesicht. »Es ist kein Wunder, daß du das Baby verloren hast.«

»O Taylor, nicht.« Sie richtete sich auf und

umschloß sein Gesicht mit beiden Händen. »Der Arzt sagte, daß nichts die Fehlgeburt hätte verhindern können, weil sie durch nichts Spezielles verursacht wurde.«

»Auch nicht durch zuviel Sex?«

»Nein. Vor allem nicht Sex mit dir. Ich meine«, fügte sie hastig hinzu, »du bist nie rauh gewesen.«

»Ich habe dir nie weh getan?«

»Natürlich nicht.« Sie legte den Kopf wieder an seine Brust und schlang die Arme um Taylor.

Er atmete erleichtert auf. »Das war auch nie meine Absicht. Aber als du das Baby verloren hast, hatte ich Angst, daß ich dir weh getan haben könnte und du einfach nichts gesagt hast.«

»Nein, nein.« Ria schüttelte den Kopf.

»Ich habe mir deswegen solche Sorgen gemacht.«

»Siehst du? Das ist es, was ich meine«, antwortete sie. »Es wäre nicht nötig gewesen, daß du dir über diese Dinge Sorgen machst. Ich wünsche, ich hätte dich nie mit hineingezogen. Dies ist ein solcher Meilenstein in deinem Leben und deiner Karriere.«

»Unsere Heirat hatte auf meine Karriere längst nicht die einschneidenden Auswirkungen wie auf deine.«

»Ich habe dir doch gesagt, daß ich schon länger eine eigene Firma gründen wollte.«

»Und ich habe dir gesagt, daß unsere Ehe ein Plus für mein öffentliches Image war.«

»Aber weil ich abends immer so müde war, hast du deinen Erfolg nicht feiern und genießen können. Ich habe in jeden Bereich deines Lebens eingegriffen. Wenn ich dich in Ruhe gelassen hätte, wäre deine Beziehung mit Lisa nicht in die Brüche gegangen.«

»Was ist mit deiner Beziehung mit Guy?«

»Ehrlich?«

»Ehrlich.«

»Es wäre so oder so irgendwann aus gewesen.«

Sie wünschte, er hätte das gleiche über seine Beziehung mit Lisa gesagt, doch er tat es nicht. Sie wünschte, sie hätte den Mut, seinen Trost zurückzuweisen, doch sie konnte es nicht. Es tat zu gut, in seinen schützenden Armen zu liegen und seine Nähe zu genießen.

»Taylor, was hast du mit den ganzen Büchern gemacht?«

»Den Babybüchern?«

Sie nickte stumm.

»Ich habe sie weggestellt, damit du sie nicht mehr siehst. Ich dachte, ihr Anblick würde dich unnötig quälen.«

»Das war sehr aufmerksam von dir. Vielen Dank.«

Er lehnte sich gegen das Kopfende des Bettes zurück und strich über Rias Haar. »Deine Eltern sind fabelhaft.«

»Findest du?«

»Ja. Du kommst auf deine Mutter.«

»Ich bin adoptiert, hast du das vergessen? Wenn ich ihr ähnele, dann ist es ein Zufall.«

»Nicht äußerlich. Ich meine die Art, wie ihr sprecht und solche Dinge. Und deinen Vater mag ich auch wirklich gern.«

»Ist er irgendwie wie deiner?«

»Nein, eigentlich nicht. Aber sie sind ungefähr gleich alt.«

Ria zupfte abwesend an seinen Brusthaaren. »Taylor, bist du eifersüchtig auf deine Stiefgeschwister?«

»Nein. Sie sind doch noch Kinder. Liebe, nette Kinder.«

Sie hob den Kopf und schaute ihn an. »Du hättest allen Grund, eifersüchtig zu sein. Du hättest mehr von deinem Vater, wenn sie nicht da wären.« Sie fuhr abwesend mit dem Daumennagel über seine Lippen.

»Ich weiß, daß er meine Mutter geliebt hat. Ich weiß, daß er mich liebt. Es ist einfach so, daß ihn seine neue Familie jetzt mehr braucht als ich.«

»Aber?«

»Aber manchmal bin ich eifersüchtig«, gab er zu. »Findest du das schlimm?« fügte er hinzu.

»Das ist doch völlig normal.«

Als ihr bewußt wurde, daß sie immer noch mit dem Daumen seine Lippen streichelte, zog sie ihn zurück. Taylor schaute auf ihren Mund, und Ria spürte, wie sich eine vertraute prickelnde Wärme in ihrem Körper ausbreitete. Plötzlich schob er Ria sanft von sich.

»Ich lasse dich jetzt besser schlafen.« Er schwang die Beine über die Bettkante und stand auf. »Gute Nacht, Ria.«

»Taylor.« Sie streckte die Hand aus und hielt ihn am Arm fest. Als er sich umdrehte und auf sie hinunterschaute, zog sie die Hand verlegen zurück. »Ich kann nicht schlafen, wenn ich weiß, wie unbequem du es da auf der Couch hast.« Sie senkte den Blick. »Was ich meine, ist, wenn du hier schlafen willst, ich habe nichts dagegen.«

»Hier? Im selben Bett?«

»Ja. Es kann doch nichts passieren, richtig?«

»Richtig. Absolut.«

»Also, warum sollen wir es nicht beide bequem haben?«

Taylor schien einen Augenblick zu überlegen. »Na gut, wenn du meinst«, sagte er schließlich.

Ria legte sich zurück und zog das Laken und die Decke über ihre Schultern. Sie schloß die Augen und lauschte mit angehaltenen Atem, wie das nasse Handtuch zu Boden fiel. Ihr Herz klopfte heftig, als Taylor neben ihr zwischen die Laken schlüpfte. Seine Nähe machte sie so nervös, daß sie sich stocksteif hielt aus Angst, ihn versehentlich zu berühren. Als er dann in der Dunkelheit ihren Namen sagte, zuckte sie tatsächlich zusammen.

»Was?«

»Ria, das mit dem Baby tut mir schrecklich leid.«

Sie konnte fühlen, wie er nach ihrer Hand tastete. Instinktiv kam sie ihm entgegen, und ihre Finger schlossen sich um seine. Er drückte fest ihre Hand. »Mir auch, Taylor. Sehr leid.«

»Denkst du noch immer an das Baby?«

»Ja.«

»Ich auch.« Nach einer Pause fügte er hinzu: »Du wirst wahrscheinlich irgendwann ein anderes Baby haben.«

»Ja, vielleicht. Und du auch.«

»Ja, vielleicht.«

Sie klangen beide weder begeistert noch optimistisch. Doch sie fühlten, daß es leichter sein würde, ihre Traurigkeit gemeinsam zu ertragen als allein, also hielten sie unter der Decke die Hand des anderen.

»Ria?«

»Hm?«

Ria drehte sich schläfrig zu Taylor um, der eng an sie geschmiegt lag. Er küßte ihr Gesicht, dann ihre Lippen. Sie liebte diese frühmorgendlichen Küsse, wenn sein Bart leicht ihre Haut kratzte. Sie legte einen Arm über seine Hüfte, und ihre Lippen öffneten sich unter seinen. Seine Zunge drang in ihren Mund und berührte ihre. Ria seufzte und rieb ihr Knie an seinen Leisten. Sein Glied war hart und erregt.

»Wieso trägst du ein Nachthemd?« murmelte er, als er nach ihren Brüsten tastete.

Er öffnete die Perlenknöpfe, steckte die Hand in das Nachthemd und rieb mit dem Daumen über eine Spitze, bis sie sich aufstellte.

»Taylor . . .«

»Hm?«

»Nichts. Ich habe nur deinen Namen geseufzt, weil sich das so gut anfühlt.«

Taylor stöhnte. »Ich will dich so, Liebes.«

Er rollte sich auf sie, und seine Lippen wanderten ihren Hals hinunter zu ihren Brüsten. Er küßte sie durch den dünnen Stoff, dann schob er das Nachthemd auseinander und begann, mit der Zunge eine Spitze zu liebkosen.

Erregung stieg in Ria auf. Als sich seine Lippen um ihre Brustwarze schlossen und daran saugten, erschauerte sie vor Lust. Instinktiv spreizte sie die Schenkel, und Taylor schob sich dazwischen.

Plötzlich war sie hellwach. »Taylor!«

»Jetzt? O ja, Liebling, ja.«

Er nahm ihr Gesicht in die Hände und küßte sie leidenschaftlich. Sein Körper bewegte sich rhythmisch über ihr, doch ihr Slip war zwischen ihnen.

»Taylor!«

»Hm?« murmelte er, ohne ihren Mund freizugeben.

»Wir lieben uns.«

»Gott, ja, ich weiß.«

Sie griff in sein Haar und zog seinen Kopf hoch. Taylor kam blinzelnd zu sich. Als er begriff, rollte er sich auf die Seite und starrte Ria in sprachlosem Entsetzen an. Er warf einen Blick auf sein erregtes Glied und murmelte einen Fluch. Dann rollte er sich aus dem Bett und stolperte ins Bad.

»Es ist doch nichts passiert. Du warst noch im Halbschlaf. Ich weiß, daß du es nicht wolltest«, sagte Ria schüchtern, als sie Taylor eine halbe Stunde später einen Becher Kaffee reichte.

»Ich möchte nicht darüber reden.« Er verbrannte sich die Zunge am Kaffee und fluchte.

»Ich will nur nicht, daß du denkst, daß ich denke, daß du es absichtlich getan hast.«

»Ich habe es nicht absichtlich getan.«

»Genau das habe ich gerade gesagt.«

»Warum schreist du dann?«

»Ich habe erst geschrien, als du angefangen hast zu schreien.«

»Hör zu«, meinte er und durchschnitt mit der freien Hand die Luft, »ein Mann wacht in seinem eigenen Bett auf, und da liegt ein nacktes Mädchen neben ihm . . .«

»Ich war nicht nackt.«

»Okay, ein fast nacktes Mädchen.«

»Und ich bin auch kein *Mädchen*. Ich bin deine Frau.

»Dann kannst du es mir nicht zum Vorwurf machen, daß ich dich wie meine Frau behandele.«

»Das tue ich auch nicht.«

»Man kann einfach nicht vernünftig mit dir reden,

Ria. Ich komme zu spät.« Er riß seine Anzugjacke vom Küchenstuhl, nahm seine Aktentasche auf und stürmte hinaus. Sekunden, nachdem die Tür hinter ihm zugeschlagen war, drückte er sie noch einmal auf und steckte den Kopf hinein. »Mach heute nichts Dummes, wie einen Berg besteigen. Du mußt dich schonen.«

Die Teller klapperten ein zweites Mal, als er die Tür schloß.

Den ganzen Tag überlegte Ria, was sie tun sollte. Sie hatte sich endlich eingestanden, was sie seit Tagen, seit Wochen, seit Monaten nicht hatte wahrhaben wollen: Sie hatte sich in Taylor verliebt. Und mit ihm zusammenzuleben, obwohl sie wußte, daß das Ende ihrer Ehe absehbar war, war mehr, als sie ertragen konnte. Es würde viel besser für ihren Seelenfrieden sein, dieses Kapitel ihres Lebens jetzt abzuschließen. Wenn sie blieb, würde sie sich nur noch mehr in ihn verlieben oder ihn dafür hassen, daß er ihre Liebe nicht erwiderte.

Sie beschloß, ganz ruhig und sachlich mit Taylor darüber zu reden. Als er am Abend nach Hause kam, hielt sie sogar ein kaltes Bier für ihn bereit, doch er hatte kaum den ersten Schluck getrunken, als sie sagte: »Taylor, ich habe beschlossen zu gehen.«

»Zu gehen? Wohin?«

»Nach Hause. Ich habe beschlossen, wieder nach Hause zu ziehen.«

Er trank noch einen Schluck Bier. »Warum?«

»Es ist nur eine Frage der Zeit, bevor ich ohnehin wieder nach Hause ziehe. Ich kann einfach nicht länger in der Luft hängen. Ich möchte zu Hause, in meiner eigenen Umgebung sein, während ich mich von der Fehlgeburt erhole.«

Ein markiger Fluch sagte ihr, was er von ihrer Entscheidung hielt. »Du gehst wegen der Sache heute morgen, hab' ich recht?« Als sie ihn nur trotzig anfunkelte, wiederholte er: »Hab' ich recht?«

»Ja, du hast recht!«

Taylor kehrte ihr den Rücken zu und trank sein Bier in einem Zug leer. Er fluchte leise, aber immer noch laut genug, daß Ria bei seinen rauhen Worten rot wurde. Schließlich drehte er sich langsam um. »Hast du Angst vor mir, Ria?«

Sie schüttelte den Kopf. »Nein, Taylor.«

»Ich würde dir niemals weh tun. Das weißt du doch, oder?« fragte er.

»Ja. Ich habe dir heute morgen gesagt, daß ich weiß, daß du noch im Halbschlaf warst und nicht wußtest, was wir machten.«

»Wirklich?«

»Ja, aber ich fürchte, du hast nicht zugehört.«

Er lachte freudlos. »Als ich ins Büro kam, konnte ich mich nicht mehr genau daran erinnern, was wir gesagt hatten, aber ich war ziemlich sicher, daß ich mich wie ein Idiot benommen hatte.«

»Das nicht. Aber du warst ziemlich durcheinander. Genau wie ich.«

»Ich wollte letzte Nacht dir zuliebe bei dir sein, nicht meinetwegen.«

»Das weiß ich.«

»Du denkst nicht, ich hätte dich ausnutzen wollen?«

»Nein. Ich habe dich doch gebeten, bei mir zu bleiben. Ich wollte es.« Sie verschränkte die Hände und befeuchtete nervös die Lippen. »Aber anscheinend können wir keine Freunde sein, Taylor. Diese sexuelle Anziehungskraft zwischen uns ist zu stark. Sie belastet eine Freundschaft zu sehr. Wenn ich jetzt hierbleibe, werden wir uns am Ende nur wieder streiten, und ich glaube, das willst du ebensowenig wie ich. Es wäre das beste, wenn ich heute abend ausziehen würde.«

»Geh nicht«, bat er.

»Ich muß, Taylor.«

Er hob die Hände und ließ sie resigniert wieder sinken. »Nur weil du das Baby verloren hast, bedeutet das nicht, daß ich nicht mehr für dich verantwortlich bin. Es hat mich wahnsinnig aufgeregt, daß du die Krankenhausrechnung bezahlt hast. Ich wollte das tun. Es war meine Pflicht. Ich bin dem Gesetz nach dein Ehemann, gleichgültig, was in unserem Bett passiert. Ich . . . ich möchte mich um dich kümmern, bis ich sicher bin, daß du physisch und seelisch wieder in Ordnung bist.«

Ria unterdrückte ein Schluchzen und bedeckte ihr Gesicht mit den Händen. Was Taylor sagte, klang wunderschön, aber sie wünschte sich, er hätte es gesagt, weil er sie liebte, nicht weil er sich für sie verantwortlich fühlte. »Ich weiß nicht, was ich tun soll.«

»Wenn du bleibst, schwöre ich, daß ich dich nicht anfassen werde. Ganz bestimmt nicht.« Sie hob langsam den Kopf und sah ihn skeptisch an. Taylor stöhnte auf. »Du hast recht. Wem versuche ich etwas vorzumachen, dir oder mir?« fragte er laut.

Einen langen Augenblick war es still. »Was schlägst du vor?« meinte Ria schließlich. »Daß wir weiter zusammenleben und unseren sexuellen Gelüsten nachgeben, bis es dir paßt, daß ich ausziehe?«

Ihr Ton war spitz, und Taylors Stimme war ebenso schneidend, als er antwortete: »Nein. Ich schlage einen Kompromiß vor. Du bleibst, aber wir halten es rein platonisch. Wir schlafen nicht miteinander. Nichts.«

»Das haben wir versucht. Es hat nicht funktioniert.«

»Diesmal werden wir dafür sorgen, daß es funktioniert.«

Sie merkte, wie ihr Widerstand schmolz. »Einer von uns wird die Couch nehmen müssen.«

»Das werde ich sein. Ich bestehe darauf. Schließlich ist es meine Karriere, die wir zu schützen versuchen.«

»Wenn ich bleibe, verlange ich, daß wir uns mit der Couch abwechseln.«

»Hör zu«, erwiderte er gereizt, »erlaube mir, den Gentleman zu spielen und der Dame das Bett anzubieten, okay?«

»Von mir aus. Wie lange soll das Ganze dauern – bis du vereidigt worden bist?«

»Richtig. Mitte Mai.«

»Sechs Wochen«, sagten beide gleichzeitig.

»Was passiert, wenn der Arzt mich vorher für gesund erklärt?«

»Sag du es mir.«

Sie nahm ihr Kinn hoch. »Gar nichts passiert. Es gelten die gleichen Regeln.«

»Du hast mein Ehrenwort.« Er musterte sie mit einem herausfordernden Blick. »Habe ich auch deins?« fragte er gedehnt. »Daß du mich nicht ... nicht sexuell belästigst?«

»Ja«, antwortete sie wütend.

»Also gut, das hätten wir geklärt. Wir können uns dazu gratulieren, diese Angelegenheit auf vernünftige, zivilisierte Weise geregelt zu haben. Sobald unsere gegenseitigen Verpflichtungen erfüllt sind, werden wir uns trennen und wieder unseren eigenen Interessen nachgehen.« Er streckte die Hand aus. »Abgemacht?«

Obwohl die Bedingungen der Abmachung miserabel waren, schlug Ria ein.

8

»Was meinst du?« fragte Ria ihren Mann über ihre Schulter.

»Du bist ein Genie.«

»Fällt dir nichts Originelleres ein? Das hast du mir schon an dem Abend gesagt, als wir uns kennengelernt haben.«

»Wirklich?«

»Etwas in der Richtung. Du sagtest, ich sei hübsch, intelligent, hätte Humor und meinen eigenen Pelzmantel.«

»Und schöne Zähne.«

Ria rollte lächelnd die Entwürfe zusammen und

legte sie in einen Aktenschrank. Sie hatte jetzt seit zwei Wochen ihr eigenes Büro, und die Hauspläne, die sie Taylor gezeigt hatte, waren Entwürfe für ihren ersten Auftrag.

Nachdem sie das Licht ausgeschaltet und die Bürotür abgeschlossen hatte, ging sie mit Taylor hinunter zu seiner Corvette. »Bist du hungrig?« fragte er, als sie einstiegen.

Er hatte Ria einige Stunden zuvor bei ihrem Büro abgesetzt und war in sein Fitneßcenter gefahren, während sie an den Plänen gearbeitet hatte.

»Nein, nur müde. Ich bin bettreif.«

»Ja, ich auch.«

Sie sahen sich flüchtig an und schauten dann beide hastig wieder weg. »Wie war der Tag?« fragte Ria, um vom Thema abzulenken.

»Es ging. Bleeker wirft mir vor, ich wäre bei den Stadtratsversammlungen nicht regelmäßig anwesend gewesen. Was er jedoch nicht gesagt hat, ist, daß ich in der Woche, auf die er sich bezieht, die Grippe hatte.«

»Was für ein schlechter Verlierer.«

Taylor lächelte sie an, bevor er seine Aufmerksamkeit der Straße zuwandte.

Als sie zu Hause ankamen, entschuldigte sich Ria und ging ins Bad, um sich auszuziehen. Taylor schlief jetzt im Arbeitszimmer auf der neuen Schlafcouch, die er gekauft hatte. Ria hatte ihm angeboten, auf der Couch zu schlafen und ihm sein Schlafzimmer zurückzugeben, oder sich wenigstens mit ihm auf der Couch abzuwechseln, aber er hatte nichts davon wissen wollen.

Jeden Abend ging Ria allein ins Bad. Und wenn sie

herauskam, ging Taylor hinein. An diesem Abend war es nicht anders, nur daß er, als er aus dem Bad kam, nicht sofort gute Nacht sagte und das Zimmer verließ.

Statt dessen ging er, nur mit einem Slip bekleidet, zögernd auf das Bett zu. Rias Mund wurde trocken bei seinem Anblick. Die indirekte Beleuchtung malte erotische Muster aus Licht und Schatten auf seinen Körper, und sie konnte den Blick nicht von ihm abwenden.

»Wärst du so nett, mich hiermit einzureiben?« Er hielt ihr eine Tube Salbe hin.

»Natürlich.« Er reichte ihr die Tube und setzte sich mit dem Rücken zu ihr auf die Bettkante. »Wo?«

»Darf ich es mir aussuchen?« Er warf ihr einen herausfordernden Blick über seine nackte Schulter zu.

»Ja«, antwortete Ria augenzwinkernd, »aber überleg es dir genau. Dieses Zeug enthält Menthol.«

Er zuckte zusammen. »In diesem Fall solltest du besser meine rechte Schulter nehmen.«

Sie drückte lachend einen erbsengroßen Tupfer Salbe in ihre Handfläche. Dann kniete sie sich hinter Taylor und verrieb die Salbe auf seiner Schulter. »Gut so?«

»Ein bißchen nach . . . ah, da. Genau da.«

»Hast du dir bei deinem Fitneßtraining einen Muskel gezerrt?« fragte Ria, während sie noch etwas Salbe in ihre Hand drückte.

Taylor nickte. »Ich nehme es an. Es tat plötzlich weh.«

»Du hast dich überanstrengt.«

»Na ja, ich wollte mich im Fitneßcenter abreagieren, damit ich nicht nach Hause komme und . . .«

Ria riß die Hände zurück, als hätte sie sich an seiner

Haut verbrannt. Sie biß sich unschlüssig auf die Lippe. Schließlich fuhr sie zögernd mit dem Einreiben fort.

»Taylor?«

Er räusperte sich. »Hm?«

»Du könntest zu jemand anderem gehen.«

Er drehte den Kopf. »Was?«

»Ich meine, ich . . . ich erwarte nicht, daß du mir treu bist.«

»Woher weißt du, daß ich es bin?«

Die Frage verblüffte sie. »Ich – ich weiß es nicht«, stotterte sie. »Bist du es?«

»Schau mich an, und ich denke, dann weißt du die Antwort«, brummte er.

Ria unterdrückte das Glücksgefühl, das in ihr aufsteigen wollte. »Ich könnte es verstehen, wenn du – weißt du – zu einer anderen Frau gehen würdest«, meinte sie.

»Und mit ihr schlafe?« Sie senkte den Blick und nickte. Er fluchte leise. »So einfach ist das nicht.«

»Aber das war es doch früher.«

»Da war ich auch nicht verheiratet.«

»Das bist du auch jetzt nicht. Nicht richtig.«

»Aber das ist unser kleines Geheimnis, nicht wahr?«

»Ich bin sicher, es gibt genug Frauen, denen es egal wäre, ob du verheiratet bist oder nicht.«

»Bestimmt. Aber mir ist es nicht egal.«

»Oh, natürlich. Wegen deiner Stellung in der Öffentlichkeit.«

Er sprang vom Bett und riß Ria die Tube mit Salbe aus der Hand. »Danke.« Ohne sich noch einmal umzusehen, stürmte er aus dem Zimmer.

Fünf Minuten später stand Ria in der offenen Tür

zum Arbeitszimmer. Taylor lag auf der Schlafcouch. Den rechten Arm hinter dem Kopf, den anderen auf seiner Brust, starrte er auf die Decke. Als er Ria sah, zuckte ein Muskel in seiner Wange, doch er bewegte sich nicht.

»Darf ich reinkommen?«

»Wozu?«

»Um mich zu entschuldigen.«

Er zuckte gleichgültig die Achseln, und Ria mußte ein Lächeln unterdrücken. Taylor schmollte. Sie durchquerte auf nackten Füßen das Zimmer und setzte sich auf den Rand der Matratze.

»Ich wollte dich nicht verärgern.«

Es war, als ob Taylor nur auf ein Stichwort gewartet hätte. »Ich kann nicht einfach losziehen und die erstbeste Frau mit ins Bett nehmen, die mir über den Weg läuft, Ria«, sprudelte es aus ihm heraus. »So einfach geht das nicht, wenn du verheiratet und der zukünftige Bürgermeister bist und jeder dein Gesicht kennt.«

»Das habe ich auch nicht gemeint. Ich dachte, du könntest vielleicht zu jemandem gehen, der – oder vielmehr die – unsere Abmachung verstehen würde.« Sie hielt ein paar Herzschläge inne, bevor sie hinzufügte: »Jemand wie Lisa.«

Er lachte spöttisch. »Leider ist Lisa ein bißchen eingeschnappt, weil ich geheiratet habe. Sie spricht nicht mehr mit mir.«

Ria schluckte. »Du hast sie gesehen?«

»Wir laufen uns ab und zu über den Weg.«

Plötzlich kam ihr ein Gedanke, bei dem sich ihr Herz schmerzlich zusammenzog. Ob Taylor versucht hatte, wieder etwas mit Lisa Burton anzufangen? Und Lisa, hatte sie ihm einen Korb gegeben?

»Es tut mir leid, daß ich das Thema angeschnitten habe«, meinte sie leise. »Ich wußte nicht, daß es dich aufregt.«

Er musterte sie aus verengten Augen. »Du fängst seit einem Monat immer wieder davon an, und es regt mich jedesmal auf.« Er schwieg einen Augenblick. »Der Grund, warum ich nicht zu einer anderen gegangen bin, ist der, daß ich keine andere will.«

Er wollte abrupt nach der Lampe greifen, um das Licht auszuschalten, doch Ria hielt ihn zurück. »Nein, warte, Taylor.« Sie betrachtete ihn prüfend. »Du hast doch etwas auf dem Herzen, nicht wahr? Ich war vorhin so sehr mit den Plänen für das Haus beschäftigt, daß es mir nicht aufgefallen ist. Möchtest du mit mir darüber reden?«

»Nein. Ich wünschte, ich brauchte es gar nicht zu erwähnen.« Er blickte einen Moment lang an die Decke. Ria wartete geduldig, und schließlich schaute er sie wieder an. »Wir, du und ich, sind zu einer offiziellen Einweihung eingeladen. Ich habe mir sagen lassen, daß sich das Komitee einstimmig für uns als Ehrengäste entschieden hat, weil wir als junges, frischvermähltes Ehepaar perfekt für die Gelegenheit seien.«

»Was ist das für eine Einweihung, zu der uns dieses Komitee eingeladen hat?«

»Die Einweihung des neuen Flügels des Presbyterianischen Krankenhauses.«

Alles in Ria verkrampfte sich. »Oh.«

»Dann weißt du, was in dem neuen Flügel ist?«

»Entbindungsstation. Babys.«

»Richtig, Babys. Eine ganze Station voll davon. Frischgebackene Väter, die sich wie närrisch benehmen und grinsen wie Idioten. Großeltern, die durch das Fenster Fotos machen.«

»Und glückliche Mütter«, fügte Ria tonlos hinzu.

Taylor hob die Hand und streichelte ihren Hals. Seine Finger glitten hinunter in den Ausschnitt ihres Nachthemds und streiften ihre Brust, die seine Hand dann behutsam umschloß. »Es tut mir leid, Ria. Ich wollte dir nichts davon sagen, aber ich hatte Angst, du würdest es doch irgendwie herausfinden.«

»Wir müssen hingehen, nicht wahr?«

»Nein.«

»Was hast du ihnen gesagt?«

»Ich habe sie hingehalten. Ich sagte, ich müßte erst deinen Terminkalender überprüfen und würde ihnen dann Bescheid geben.«

»Wann ist die Einweihung?«

»Übermorgen. Das Komitee hat uns nicht viel Zeit gelassen, uns eine akzeptable Ausrede einfallen zu lassen«, fügte er mit einem bitteren Lachen hinzu. »Aber das ist ihr Pech.«

»Taylor, wir müssen hingehen. Selbst wenn wir nicht jung und frischvermählt wären, du bist der designierte Bürgermeister. Unsere Anwesenheit gibt der Einweihung einen offiziellen Charakter.«

Taylor schüttelte hartnäckig den Kopf. »So sehr ich es hasse, ihnen eine Absage zu erteilen, aber ich bin nicht bereit, dir, *uns* das zuzumuten, Ria.«

»Sie wissen nichts von dem Kind, das wir verloren haben. Ich war nicht im Krankenhaus. Sie werden es nicht verstehen, wenn du ablehnst.«

»Pech. Ich bin Staatsbeamter, kein Sklave.«

»Diese Erweiterung des Krankenhauses hat soviel Publicity bekommen. Ich bin sicher, die Medien werden ausführlich über die Einweihung berichten. Du mußt dabei sein. Und ich muß dich als deine Frau begleiten.«

»Ria, nein.«

Sie bedeckte seine Hand, die noch immer auf ihrer Brust lag. »Doch. Du mußt die Stadtverwaltung vertreten.«

»Zum Teufel mit der Stadtverwaltung! Ich möchte dir diese verdammte Einweihung ersparen.«

»Es wird eine gute Therapie für mich sein. So ungefähr, als ob man sofort wieder auf ein Pferd steigt, nachdem es einen abgeworfen hat.«

»Wirklich?« fragte er forschend.

»Ja, wirklich.«

Einen langen Augenblick war es still im Zimmer, während sie sich stumm anschauten. »Du gehst jetzt besser schlafen, Ria«, meinte Taylor schließlich rauh. »Gute Nacht.«

»Gute Nacht«, murmelte sie, stand auf und ging langsam hinaus.

Es war, als ob man sich zu einer Beerdigung anzöge. Ria wollte so gut wie möglich aussehen, aber sie konnte nicht verstehen, warum es eine Rolle spielte. Zuerst überlegte sie sogar, ob sie ein schwarzes Kleid anziehen sollte, doch dann entschied sie sich für ein rotes, zu dem sie aber einen breitkrempigen schwarzen Strohhut trug.

Taylor holte tief Luft, als sie ins Wohnzimmer kam, wo er auf sie wartete. »Du siehst phantastisch aus.«

»Danke. Ist der Hut zuviel?«

»Er steht dir fabelhaft. Und du weißt, wie sehr ich diese Perlen mag.«

Ria wurde rot. Die gleiche Kette hatte sie in ihrer Hochzeitsnacht getragen, als sie Taylor mit nichts als den Perlen am Körper im Bett erwartet hatte. Um ihre Verlegenheit zu verbergen, wandte sie sich ab und nahm ihre Handtasche auf, während sich Taylor auf die Suche nach den Wagenschlüsseln machte.

Mehrmals während der Fahrt zum Krankenhaus versuchten sie, ein Gespräch anzufangen, doch sie waren zu nervös, um logisch zu denken, und gaben es schließlich auf.

Als sie am Krankenhaus eintrafen, griff Taylor über den Sitz und drückte Rias Hand. »Noch können wir es uns überlegen. Wir könnten anrufen und sagen, wir wären krank.«

»Sei nicht albern.«

»Ich kann allein gehen, Ria.«

Sie schüttelte den Kopf und lächelte ihn unsicher an. »Das gehört zu meinen Pflichten als Frau des zukünftigen Bürgermeisters. Gehen wir.«

Sie gaben ein Bilderbuchpaar ab, als sie in das großzügige Marmorfoyer der neuen Entbindungsstation geführt wurden. Die Presseleute hatten ihren großen Tag, und überall klickten Kameras. Unter den Reportern war auch Delia Starr, die als einzige wußte, was die MacKensies durchmachen mußten. Sie nickte ihnen ermutigend zu.

Taylor war der offizielle Vertreter der Stadt, doch Ria war es, der die übergroße goldene Schere gereicht wurde, mit der sie die geflochtenen rosafarbenen und blauen Bänder durchtrennen sollte. Als sie die Bänder durchschnitt, applaudierten alle.

»Wenn Sie so freundlich wären, Mrs. MacKensie, Herr Stadtverordneter, würden wir Sie gern mit der ersten Frau fotografieren, die in der neuen Abteilung entbunden hat.«

Taylor faßte Ria am Ellbogen, als sie den Gang hinuntergeführt wurden. »Verdammt, ich bin stolz auf dich. Alle bewundern dich. Du bist fabelhaft.« Er mußte sich unter den Rand ihres Huts bücken, um direkt in ihr Ohr zu flüstern. »Ich weiß, wie schlimm das hier für dich sein muß.«

»Ich werde nicht weinen«, sagte sie leise. »Aber die ganze Atmosphäre . . .«

»Ich weiß. Halt durch, Darling! Noch ein paar Fotos, und dann werde ich dich so schnell wie möglich hier rausbringen.«

Die betreffende Mutter war eine Frau Anfang Zwanzig, die am Tag zuvor ihr erstes Kind bekommen hatte. Sie hatte sich für die Fotografen zurechtgemacht und lag lächelnd in den Kissen des Krankenbettes. Sie errötete heftig, als Taylor ihr die Hand schüttelte, und schien eingeschüchtert von Rias eleganter Erscheinung. Ihr Mann, der kaum älter war als sie, stand neben ihr und grinste stolz.

Bis die Fotografen fertig waren, hatte die neue Mutter ihre Scheu verloren. »Haben Sie auch Kinder?« fragte sie Ria.

»Nein.« Ria tastete nach Taylors Hand. »Wir sind erst zwei Monate verheiratet.«

Taylor legte fürsorglich den Arm um ihre Taille. »Aber wir wollen welche haben. Bald.«

»Ich kann es Ihnen nur raten«, meinte die junge Frau. Sie und ihr Mann tauschten ein Lächeln. »Es ist wundervoll. Haben Sie Jennifer schon gesehen?«

»Jennifer?« fragte Ria schwach.

»Unsere kleine Tochter.«

»Oh, nein, wir . . . wir sind noch nicht auf der Babystation gewesen.« Gott sein Dank, fügte Ria in Gedanken hinzu.

Doch genau in diesem Augenblick trat jemand vom Krankenhauspersonal vor. »Das ist unsere nächste Station. Bitte hier entlang, meine Herrschaften. Wir werden dem Stadtverordneten und Mrs. MacKensie jetzt die Babystation zeigen. Sie ist auf dem allerneuesten technologischen Stand . . .«

Er wollte weiterreden, doch Taylor unterbrach ihn. »Einen Augenblick, bitte.« Er zog Ria beiseite und betrachtete sie prüfend. »Ich werde uns jetzt entschuldigen.«

»Nein, das kannst du nicht.« Sie umklammerte seinen Arm. »Ich bin okay.«

»Vor allem bist du leichenblaß.«

»Das liegt an den Neonlampen.«

»Mach mir nichts vor, Ria. Ich werde dich hier rausbringen. Sofort.«

»Nein, bitte.«

»Stimmt etwas nicht?« erkundigte sich der Krankenhausverwalter aus einer diskreten Distanz.

»Es ist alles in Ordnung.« Ria schenkte ihm ein strahlendes Lächeln. »Taylor hat mich nur gebeten, ihn daran zu erinnern, daß er der neuen Mutter und Jennifer einen Blumenstrauß schickt.«

»Wie aufmerksam«, bemerkte einer der Umstehenden.

»Das ist einer der Vorzüge und Gründe, warum ich ihn geheiratet habe.« Ria hängte sich bei Taylor ein. Er legte die Hand auf ihre kalten, klammen Finger. Nur er wußte, daß sie sich an seinem Arm festhielt, weil sie sich stützen mußte, und nicht aus Zuneigung.

Als sie die Babystation betraten, fühlte Taylor, wie sich Rias Griff um seinen Arm verstärkte. Durch die Glasscheiben beobachtete sie, wie eine Säuglingsschwester ein weinendes Baby hochnahm. »Das ist Jennifer. Unser erstes Baby«, wurde ihnen gesagt.

»Darf ich sie halten?« fragte Ria leise.

Nachdem sich die anwesenden Schwestern kurz beraten hatten, führte man sie in die Babystation. Ria lächelte die Säuglingsschwestern an und streckte die Arme aus, um das strampelnde, schreiende Baby zu nehmen. Sie ging sehr viel vorsichtiger mit dem Säugling um als die Schwester.

Taylor, der auf der anderen Seite der Scheibe stand, hörte plötzlich Delia Starrs Stimme neben sich. »Alle Achtung vor Ihrer Frau, Taylor.«

Er nickte. »Das kann man wohl sagen«, erwiderte er stolz. Er sah, wie sich Rias Lippen bewegten, als sie beruhigend auf das Baby einredete, das bald darauf zu weinen aufhörte.

Ria machte einige Bemerkungen zu der Schwester, ohne jedoch den Blick von dem Säugling zu nehmen. Sie schlug die rosafarbene Flanelldecke auf, betrachtete die kleinen Ärmchen und Beinchen und fuhr mit dem Finger die Wange des Babys hinunter.

Bevor sie den Säugling der Schwester zurückgab, öffnete sie eine seiner winzigen Fäuste und drückte einen zärtlichen Kuß auf die Handfläche.

Taylor fuhr vom Krankenhaus aus direkt nach Hause, obwohl es noch nicht einmal Mittag war. Ria hatte für die Kamera gelächelt und dem Krankenhauspersonal zu der neuen Station gratuliert. Bevor sie gegangen waren, hatten sie jedem die Hand geschüttelt. Doch auf dem Nachhauseweg hielt sie sich stocksteif auf dem Beifahrersitz und sprach kein Wort.

Zu Hause stellte Ria ihre Handtasche auf den Tisch in der Diele. Taylor warf die Schlüssel neben die Tasche. Er griff nach Ria und zog sie an sich. Sie wehrte sich nicht.

»Halte mich, bitte.«

»Du brauchst mich nicht zu bitten.«

Erst jetzt ließ sie ihren Tränen freien Lauf.

Taylor schob den Hut von ihrem Kopf, zog die Nadeln aus ihrem Haar und fuhr mit den Fingern durch die dichten Strähnen. Er hielt Ria fest, während ihr Körper von Schluchzern geschüttelt wurde.

Als sie sich etwas beruhigt hatte, hob er sie hoch und trug sie ins Schlafzimmer. Er stellte sie neben das Bett und drehte sie um. Dann öffnete er den Reißverschluß ihres Kleids und schob es herunter, bis Ria gehorsam herausstieg, nur noch mit einem Satinunterkleid mit einem Spitzenoberteil bekleidet.

Als wäre sie ein Kind, drehte Taylor sie wieder zu sich herum und drückte sie auf die Bettkante hinunter. Dann kniete er sich hin, zog ihr die hochhackigen Pumps aus und stellte sie beiseite.

Er ließ sie so sitzen, während er seine Anzugjacke, die Weste und das Hemd auszog. Er streifte die Schuhe und Socken ab, dann legte er sich, nur mit seiner Hose bekleidet, aufs Bett und zog Ria mit sich.

Sie lag quer über seinem Oberkörper, mit der Wange auf seinem Brustbein. Er schlang beschützerisch die Arme um sie und stützte das Kinn auf ihren Scheitel.

»Erzähl mir alles.«

»Sie war wunderschön«, flüsterte Ria.

»Es ist erstaunlich, wie klein sie war.«

»Winzig. Ich glaube nicht, daß du ihre Zehen sehen konntest, aber sie waren unglaublich klein. Und ihre Finger, fast durchsichtig.«

Er hob Rias Hand an seinen Mund und küßte die Außenseite ihrer Finger. »Wie hat sie sich angefühlt?«

»Ihre Haut war ganz weich. Und ihr Herzschlag ging ganz schnell. Man konnte es in ihrer Brust und in der weichen Stelle auf ihrem Kopf sehen. Und ihr Körper war ganz warm.«

Taylor hörte aufmerksam zu. Trotzdem konnte er nicht verhindern, daß das Bewußtsein ihrer Nähe, ihres halbnackten Körpers Verlangen in ihm aufsteigen ließ.

Ria mußte seine Erregung gespürt haben. Sie versuchte sich aufzurichten, doch er hielt sie zurück. »Ich sollte mich umziehen und ins Büro fahren«, protestierte sie schwach.

»Als zukünftiger Bürgermeister entscheide ich, daß wir uns den Rest des Tages freinehmen.«

»Und was werden wir tun?« fragte sie.

»Das, was wir jetzt tun.«

»Und was genau ist das, was wir jetzt tun? Eine Wache für das Baby abhalten, das es nie gegeben hat?« Sie schluckte.

»Wenn du es so sehen willst. Du bist noch lange nicht drüber weg.«

Ria legte die Hand auf sein Herz. Sie fuhr mit dem

Daumennagel abwesend über Taylors Brustwarze. »Bin ich egozentrisch, Taylor? Jeden Tag haben Tausende von Frauen auf der ganzen Welt eine Fehlgeburt.«

»Jede von ihnen fühlt genauso wie du, wenn sie irgend etwas für das Kind empfunden hat.«

»Und wenn sie etwas für den Mann empfindet, der der Vater ist.« Sie hob den Kopf und blickte in sein Gesicht hinunter. »Die meisten Männer in deiner Situation wären erleichtert gewesen, als ich das Baby verlor.«

»Ich war es keine Sekunde lang, Ria. Ich wollte das Baby auch.«

Wieder stiegen ihr die Tränen in die Augen. Sie biß sich auf die Unterlippe. »Ja, nicht wahr?«

»Sehr sogar.«

»Ich frage mich, ob es ein Junge geworden wäre oder ein kleines Mädchen wie Jennifer.«

»Nicht.«

»Haben wir eine Primaballerina verloren oder einen Goldmedaillengewinner bei einer Olympiade, einen Staatsmann oder Wissenschaftler oder Künstler?«

»Nicht, nicht.« Taylor drehte Ria auf den Rücken, rollte sich über sie und stützte sich rechts und links von ihr ab. »Wir werden verrückt, wenn wir darüber nachdenken.« Er küßte die Tränen von ihren Wangen und Lippen. »Und ich werde verrückt, wenn ich dich nicht küsse.«

Zuerst war es ein zärtlicher Kuß. Sein Mund berührte leicht ihren. Dann öffneten sich seine Lippen, und der Kuß wurde leidenschaftlicher. Seine Zunge drang in ihren Mund und suchte ihre.

Ria fuhr mit den Fingern durch sein Haar. »Taylor, Taylor« – sie stöhnte – »küß mich, bis es nicht mehr weh tut!«

»Wo tut es weh?«

»Überall.«

Taylor bedeckte ihre tränennassen Wangen mit Küssen, suchte aber immer wieder ihren Mund. Er streifte die Träger ihres Unterkleids von ihren Schultern. Dann küßte er ihre Brüste und liebkoste mit der Zunge ihre Brustwarzen, bis sie hart wurden vor Erregung.

»O Taylor, hör auf. Ich werde . . .«

»Was?«

»Naß.«

»Gut.«

»Aber was nützt es, so weit zu gehen und . . .«

Er schob die Hand in ihren Slip und zwischen ihre Schenkel. »Laß dich gehen.«

Ria schloß die Augen und folgte seinen geflüsterten Anweisungen, als er begann, ihre Scham zu massieren. Und als die Wellen der Erlösung sie durchfluteten, waren seine Lippen da, um sie aufzufangen.

Minuten später fühlte sie, wie Taylor vorsichtig vom Bett aufstand. Sie öffnete die Augen und flüsterte zärtlich seinen Namen.

»Ich gehe nicht weit.« Er beugte sich über sie und strich ein paar feuchte Strähnen aus ihrem Gesicht. »Ich bin gleich wieder da.«

Ria richtete sich kopfschüttelnd auf und rutschte an den Bettrand. Sie schlang die Arme um Taylors Taille und schmiegte die Wange an seinen nackten Bauch, bevor sie ihn küßte. Sie küßte seinen Bauch wieder, und diesmal strich sie mit der Zunge über seine Haut.

»Ria«, murmelte Taylor heiser.

Statt einer Antwort öffnete sie verführerisch seinen Gürtel.

9

Ria trat hart auf die Bremse und öffnete die Wagentür. Als sie ausstieg, fiel ihr die Handtasche hin, und der Inhalt verteilte sich auf dem Boden. Leise fluchend sammelte sie alles wieder ein und ging durch die Hintertür ins Haus.

Das Telefon klingelte. »Hallo?«

»Hi.« Es war Taylor. »Du klingst atemlos.«

»Ich bin gerade hereingekommen.«

»Ich dachte, du wärst inzwischen schon hier oder zumindest auf dem Weg hierher.«

»Das dachte ich auch. Aber ich bin aufgehalten worden.« Sie hätte schon vor fünfzehn Minuten in seinem Büro sein sollen. Vielleicht war er ärgerlich auf sie, aber er würde es nicht mehr sein, wenn er erfuhr, wo sie gewesen war und warum sie sich verspätet hatte.

»Dann sind wir zu spät, Ria.«

Sie überlegte einen Augenblick. »Fahr schon vor, und wir treffen uns dort.«

»Das wäre vielleicht das beste.«

»Sie können nicht ohne dich anfangen, und sie werden nervös werden, wenn du zu spät kommst. Wir treffen uns im Hotel.«

»Es gibt einen Cocktailempfang vor dem Essen. Ich weiß nicht, in welcher Suite es ist.«

»Heute ist ein Abend, an dem du unmöglich verlorengehen kannst, du bist schließlich die Hauptperson, alle werden sich um dich kümmern. Keine Sorge. Ich werde dich schon finden.«

»Wenn du irgendwelche Schwierigkeiten hast . . .«

»Keine Angst. Aber jetzt müssen wir Schluß machen, sonst kommst du noch zu spät.«

»Na schön. Ach, übrigens, Ria, was hat dich aufgehalten? Arbeit?«

»Das werde ich dir sagen, wenn ich da bin.«

Sie legte auf, bevor er noch etwas erwidern konnte. Der große Abend war da. Taylor MacKensie würde als Bürgermeister vereidigt werden, und anschließend sollte ein feierliches Bankett im Ballsaal eines der großen Hotels der Stadt stattfinden.

Auf dem Weg ins Schlafzimmer streifte Ria die Schuhe und ihre Kostümjacke ab. Sonst fast übertrieben ordentlich, ließ sie jetzt ihre Sachen einfach dort fallen, wo sie sie auszog. Nackt eilte sie unter die Dusche. Das Wasser war heiß und belebend.

Ein ungeheures Glücksgefühl erfüllte sie. Sie kam gerade von ihrem Arzt zurück. Er hatte sie untersucht und ihr bestätigt, daß sie wieder ganz gesund war. Es gab keinen Grund, warum sie die ehelichen Beziehungen nicht wieder aufnehmen konnte.

Rias Hände zitterten jetzt, als sie die Ohrringe in ihre Ohren steckte. Wenn sie an diesem Abend zu Hause waren, würde sie Taylor die gute Nachricht erzählen. Der Gedanke an das, was unvermeidlich folgen würde, machte sie schwindlig.

Seit jenem Nachmittag nach der Einweihung der neuen Krankenhausstation hatten sie es vermieden, sich zu berühren. Sie wußten beide, daß nur ein Funke genügte, um ihre Leidenschaft explodieren zu lassen. Taylor hatte keine Zärtlichkeiten mehr versucht, wie sie erwartet und insgeheim gehofft hatte. Er hatte weiter auf der Schlafcouch im Arbeitszimmer geschlafen.

Der Abend war kühl genug, so daß Ria das Paillettenkleid anziehen konnte, das sie Heiligabend getragen hatte. Sie besprühte sich mit dem Parfüm, das Taylor am liebsten mochte, steckte ein Kleenex und einen Lippenstift in ihre paillettenbesetzte Handtasche, schnappte sich die Wagenschlüssel und ging durch die Hintertür hinaus.

Sie hätte schwören können, daß ihre Füße nicht den Boden berührten.

Die meisten derjenigen, die an dem Empfang vor dem Essen teilgenommen hatten, hatten die Suite schon verlassen und waren in den Ballsaal einige Stockwerke tiefer gegangen. Taylor entschuldigte sich und ging zur Toilette. Als er zurückkam, war nur noch eine Person in der Suite – Lisa.

Sie stand an der Bar und sah atemberaubend aus in dem hautengen schwarzen Kleid, das in einem reizvollen Kontrast zu ihrem blonden Haar stand. »Möchtest du noch einen Drink?« fragte sie Taylor lächelnd.

»Nein, danke. Ich mich beeilen und nach unten gehen.«

»Hast du eine Minute Zeit, Taylor? Wir haben seit Wochen kaum ein Wort miteinander gesprochen.«

»Du schienst es so zu wollen.«

Sie rührte mit der Fingerspitze in ihrem frischen Drink und leckte dann den Finger ab. »Kannst du es mir verübeln, daß ich ärgerlich war, als du hinter meinem Rücken diese Lavender geheiratet hast?«

»Ihr Name ist Ria«, erwiderte er gereizt. »Und verübeln ist ein zu starkes Wort. Überrascht wäre passender. Ich bin überrascht, daß du ärgerlich über meine Heirat warst. Es stand jedem von uns frei, andere Leute zu treffen.«

»Zu treffen, aber nicht zu heiraten.«

Als Politiker wußte Taylor, wann es Zeit war, den Rückzug anzutreten. »Entschuldige mich.« Er ging zur Tür.

»Taylor, es tut mir leid.« Lisa griff nach seinem Arm, als er an ihr vorbeieilen wollte. »Mir war nicht klar, wieviel du mir bedeutest, bis ich dich verlor. Ich habe dich vermißt.«

»Tatsächlich?«

Lisa stellte ihr Glas hin, schlang Taylor die Arme um den Nacken und preßte sich gegen ihn, so daß er ihre Brüste an seiner Brust fühlte. »Sehr sogar. Und ich weiß, du hast mich auch vermißt.«

»Woher weißt du das?«

Sie lächelte selbstgefällig. »Was du und deine Frau

im Bett machen, kann unmöglich so gut sein wie das, was wir gemacht haben.«

»Es ist anders«, antwortete er diplomatisch.

Sie zog ihn zwischen ihre leicht gespreizten Schenkel und spürte durch den Stoff seiner Hose, wie sein Glied hart wurde. »Behalt deine Frau, Taylor, wenn du magst«, flüsterte sie. »Was mich betrifft, ich habe einen Ehemann gehabt und festgestellt, daß die Ehe nichts für mich ist. Mir gefällt es, ungebunden zu sein. Aber ich mag auch dich. Sehr sogar.« Sie rieb sich aufreizend an ihm. »Wir sind beide diskret. Ich sehe keinen Grund, warum wir nicht so weitermachen können wie früher. Bevor du unvorsichtig wurdest und Ria Lavender ein Kind gemacht hast.«

Sein Blick wurde kalt. »Ria Lavender ist nicht schwanger«, erklärte er knapp.

Lisa lächelte maliziös. »Nicht mehr. Aber sie war es. Aus diesem Grund hast du sie doch geheiratet, nicht wahr? Wann ist es passiert, Heiligabend, nach der Party bei den Grahams?« Ihre Augen verengten sich. »Ich kann mir den Ablauf genau vorstellen. Du warst ärgerlich auf mich, weil ich ohne dich zum Skilaufen gefahren bin. Du bist auf der Party einer halbwegs attraktiven Frau begegnet. Sie hat nichts gegen ein flüchtiges Abenteuer einzuwenden, und ihr geht zusammen ins Bett.«

Taylor preßte die Lippen so fest zusammen, daß sie nur schmale Striche waren.

»Ach, nun, ich verzeihe dir, Darling. Du bist ein Mann«, fuhr Lisa fort. »Ich weiß besser als jeder andere, wie potent du bist. Außerdem«, fügte sie lächelnd hinzu, »habe ich mich zu der Zeit gerade mit einem Skilehrer vergnügt.«

Sie spitzte die Lippen und schüttelte vorwurfsvoll den Kopf. »Ich bin unbeschadet aus dieser kleinen Affäre hervorgegangen. Ist es nicht ein Jammer, daß es dich erwischt hat? Armer Liebling, und du warst so anständig und hast das Mädchen geheiratet. Für nichts und wieder nichts.«

»Du weißt nicht, was du redest, Lisa«, gab er mit vorgetäuschter Gelassenheit zurück.

Sie warf den Kopf zurück und lachte. »Oh, und ob ich das weiß. Delia Starr trinkt gern, Taylor. Denk daran, wenn du ihr das nächste Mal ein Interview gewährst. Nach ein paar Scotch wird ihre Zunge locker, und sie erzählt alles.«

»Was willst du mit dieser Information anfangen? Mich erpressen? Was ist der Preis dafür, daß du deinen Mund hältst? Daß ich mit dir ins Bett gehe?«

»Erpressung, was für ein häßliches Wort.« Sie schob die Hände unter sein Jackett und rieb durch den Stoff seines Hemds über seine Brustwarzen. »Aber die Leute interessieren sich für ihren neuen Bürgermeister und seine Frau. Es könnte passieren, daß mir im Gespräch etwas herausrutscht, was ich gar nicht sagen wollte.«

»Du bist ein Miststück.«

Lisa zuckte zusammen, erholte sich aber rasch und lächelte hoheitsvoll. »Du hast recht. Aber ich habe viel Geld. Ich verkehre in den richtigen gesellschaftlichen und politischen Kreisen. Du kannst es dir nicht erlauben, mich zu verärgern.« Sie reckte sich und küßte ihn sanft. »Was ist das Problem, Taylor? Ich verlange ja nicht, daß du deine Frau aufgibst. Ich habe nichts gegen sie, solange sie uns nicht stört. Eine dunkelhaarige Ehefrau und eine blonde Geliebte. Was könnte sich ein Mann mehr wünschen?«

Sie flüsterte die Frage an seinen Lippen. Dann stellte sie sich auf die Zehenspitzen und preßte sich gegen ihn. Taylor faßte sie unwillkürlich um die Taille, um das Gleichgewicht zu halten. Lisas Lippen suchten seine, und ihre Zunge bohrte sich in seinen Mund.

Ein plötzliches Geräusch ließ Taylor herumfahren. Ria stand in der Tür.

Er schob Lisa von sich. »Ria.«

»Guten Abend, Mrs. MacKensie«, sagte Lisa lachend.

»Guten Abend«, erwiderte Ria kühl. Ihr Blick wanderte von Lisa zu ihrem Mann. »Man sagte mir unten, ich könnte dich hier finden.«

»Ria, es ist nicht so, wie es aussieht.«

»Taylor, wie banal«, meinte sie. »Ich hoffe, du hast mehr Phantasie, wenn du gleich deine Antrittsrede hältst.« Sie machte auf dem Absatz kehrt und verließ das Zimmer. Taylor stieß Lisa beiseite, als er seiner Frau nacheilte, die schon auf halbem Weg den Gang hinunter war, bis er sie eingeholt hatte.

»Ria, warte eine Minute.«

»Wir haben keine Minute. Wir kommen zu spät zum Bankett.«

»Du bleibst?«

»So war es doch abgemacht, oder?« fragte sie knapp. »Daß ich bei dir bleibe, bis du offiziell vereidigt bist. Ich werde bei Tisch neben dir sitzen und lächeln und mir nichts anmerken lassen, daß ich dich gerade mit deiner kleinen Nutte erwischt habe.«

Ria drückte wütend auf den Aufzugknopf. Die Türen öffneten sich augenblicklich, und sie stieg ein. Taylor folgte ihr, aber sie ließ ihm keine Zeit zum Sprechen. »Du kannst es wohl nicht erwarten, was?

Als du sagtest, wir würden nachher unsere eigenen Interessen weiterverfolgen, nahm ich an, daß du damit *nach* heute abend meintest. Offensichtlich habe ich mich geirrt.«

»Du willst dir einfach keine Erklärung anhören, nicht wahr?« fragte Taylor, als sie nach unten fuhren.

Sie lächelte ihn zuckersüß an. »Fahr zur Hölle!«

»Den Teufel werde ich tun«, zischte er wütend. Die Aufzugtüren öffneten sich schon, und als Ria und Taylor ausstiegen, wurden sie von einer Schar von Leuten umringt, die darauf warteten, dem Paar der Stunde die Hand zu schütteln.

Sobald sie an der Tafel Platz genommen hatten, begann das Bankett. Ria konnte keinen Bissen herunterbekommen. Ihre Kehle war wie zugeschnürt, und sie hatte das Gefühl, jeden Moment in Tränen auszubrechen.

Sie konnte sich auf nichts konzentrieren. In Gedanken sah sie immer wieder Taylor vor sich, wie er Lisa in den Armen hielt und sie küßte. Am liebsten hätte sie geschimpft und geschrien und etwas zerschlagen, doch sie benahm sich untadelig, so wie es sich für die First Lady der Stadt gehörte.

Sie überlegte, ob sie eine plötzliche Unpäßlichkeit vortäuschen und sich entschuldigen sollte, aber sie war fest entschlossen, Lisa nicht die Genugtuung zu geben zu sehen, wie sie klein beigab.

Endlich war das Essen vorbei. Kellner räumten die Tische ab, und die Gäste drehten sich mit ihren Stühlen zum Podium herum, wo der Conférencier Witze erzählte, die so fade waren wie Rias Lächeln.

Der Einleitung durch den Conférencier folgten kurze Ansprachen von verschiedenen Würdenträgern, die alle zu der Einführung des neuen Bürgermeisters, Taylor MacKensie, überleiteten.

»Und jetzt«, erklärte der Conférencier, »darf ich Taylor MacKensie und seine wunderschöne Frau Ria bitten, hier zu mir auf die Bühne zu kommen.«

Ria war völlig verblüfft. Sie hatte nicht gewußt, daß sie bei Taylors Vereidigung neben ihm stehen sollte. Taylor legte die Hand unter ihren Ellbogen und half ihr auf. Das Publikum applaudierte, als sie sich einen Weg durch die Stuhlreihen zum Podium bahnten.

Später wußte Ria nicht mehr, wie sie die folgenden Minuten überstanden hatte, als Taylor nämlich seinen Amtseid leistete. Nachdem er vereidigt war, lächelte er dem applaudierenden Publikum zu. Dann drehte er den Kopf und lächelte auf Ria hinunter. Der Beifall schwoll an, als er ihr Gesicht in die Hände nahm und sie küßte. Als er Ria losließ, führte der Conférencier sie zu ihrem Platz zurück, während Taylor das Mikrofon übernahm. Seine Rede war untadelig und unterhaltsam. In seiner selbstsicheren Stimme schwangen Begeisterung und Optimismus mit, die ansteckend waren. Als er schloß, erhob sich das gesamte Publikum.

Widerstrebend stand Ria mit den anderen auf, um ihrem untreuen Mann zu applaudieren.

Danach mußten sie nur noch für einige Fotos posieren und ein paar Hände schütteln, bevor sie gehen konnten. Sie warteten zusammen in der Garage auf ihre Wagen. Rias wurde als erster gebracht. Sie stieg wortlos ein und fuhr los.

Eigentlich hatte sie zu ihrem Haus fahren wollen, doch dann fiel ihr ein, daß sie die Schlüssel nicht dabei hatte. Sie würde zuerst zu Taylor fahren müssen. Sie ließ den Motor laufen, während sie die Stufen hinaufeilte und die Haustür aufschloß. Eine hektische Durchsuchung des Hauses förderte schließlich den Schlüssel zutage. Ria war schon wieder auf dem Weg zur Tür hinaus, als Taylor plötzlich vor ihr auftauchte und ihr den Weg versperrte.

»Geh mir aus dem Weg, Taylor.«

»Nein.«

»Ich habe keine Lust, mir anzuhören, was du zu sagen hast, und ich weiß, du wirst dir nicht anhören wollen, was ich zu sagen habe. Also bitte, laß uns dies so einfach wie möglich füreinander machen!«

»Was hast du zu sagen, was ich mir angeblich nicht anhören will?«

Sie blitzte ihn an. »Daß du ein verachtenswerter, heuchlerischer Bastard bist!«

»Wieso meinst du das?«

Verblüfft trat Ria einen Schritt zurück. »Vielleicht ist es gemäß deinem Regelbuch in Ordnung, wenn ein Ehemann hingeht und seinen früheren Bettwärmer küßt, aber es ist gegen meine Überzeugungen.«

»Ich habe Lisa nicht geküßt.«

»Dann war es ein verdammt realistischer Traum, den ich hatte.« Sie versuchte, Taylor beiseite zu schieben, doch er wich nicht von der Stelle. Statt dessen schob er Ria aus dem Weg, so daß er die Haustür schließen konnte. Ria blickte ihn rebellisch an. »Du bist kindisch, Taylor. Ich bleibe keine Minute länger hier bei dir. Warum bist du nicht vernünftig und läßt mich endlich gehen?«

»Erst wenn du die Fakten kennst.«

»Die Fakten habe ich mit eigenen Augen gesehen«,

schrie sie. »Entweder ihr habt euch leidenschaftlich geküßt, oder einer von euch hat bei dem anderen Mund-zu-Mund-Beatmung gemacht. Dann allerdings muß es dir wirklich sehr schlecht gegangen sein. Sonst wäre es sicher nicht nötig gewesen, daß sie auch dein Herz massiert, oder?«

Die Erinnerung an Lisas Hände, wie sie über seine Brust in seine Smokingjacke geglitten waren, machte sie noch wütender. »Wie konntest du? Du kannst von Glück sagen, daß ich es war, die euch erwischt hat. Mein Gott, jeder hätte euch beide zusammen sehen können. Alles, wofür du gearbeitet hast, wäre zerstört gewesen. War der Kuß das wert? Woran hast du gedacht?«

»An dich.«

Ria konnte nicht fassen, daß er sich in dieser Situation noch über sie lustig machte. »Verdammt noch mal, spiel keine Spiele mit mir!« erwiderte sie heftig. »Das verdiene ich nicht!«

»Du verdienst es, daß ich dich übers Knie lege und dir den Hintern versohle, weil du voreilig falsche Schlüsse gezogen hast.«

»Was? Ich habe dich auf frischer Tag mit deiner Ex-Geliebten ertappt. Aber wahrscheinlich ist Lisa gar nicht deine *Ex*, nicht wahr?« fügte sie sarkastisch hinzu. »Ist es von Anfang an hinter meinem Rücken weitergegangen? Naiv genug war ich bestimmt. Oder habt ihr erst vor kurzem wieder angefangen? Nach der Fehlgeburt, als ich außer Gefecht war?«

Ein Muskel zuckte in seiner Wange. »Du hörst besser auf, bevor du etwas Häßliches sagst, das du hinterher bereust.«

»Ich werde überhaupt nichts bereuen! Im Gegenteil,

mir fallen gar nicht genug Gemeinheiten ein, die ich dir an den Kopf werfen kann.« Sie drehte ihm den Rücken zu und wünschte, daß ihr Kleid nicht so tief ausgeschnitten wäre. Sie fühlte sich nackt, verwundbar. »Mein größter Fehler war, daß ich überhaupt zu dir gekommen bin. Und dann lasse ich mich auch noch von dir überreden zu bleiben!«

Sie fuhr herum. »Das ist es, nicht wahr? Eine Ehefrau zu haben verschafft dir Ansehen und Seriosität. Es hält deine Kritiker im Zaum. Ich bin ein Schutzschild, hinter dem du deine schmutzigen kleinen Affären weiterführen kannst. Nun, das ist vorbei, Taylor! Ich bin aus Pflichtgefühl bei dir geblieben, aber damit ist jetzt Schluß! Ich habe genug von dir! Finito! Die Scharade ist jetzt vorbei!«

Ihre Brust hob und senkte sich vor Erregung. Ria hatte die Hände zu Fäusten geballt, und ihre grünen Augen sprühten Blitze.

»Bist du fertig?« fragte Taylor ruhig.

»Das sagte ich gerade.«

»Ich meine mit deinem Wutanfall, nicht mit unserer Beziehung.«

»Die Antwort auf beide Teile der Frage lautet ja.«

»Gut. Jetzt halt den Mund und hör mir zu.« Er zeigte mit dem Finger auf sie. »Ungefähr die Hälfte von dem, was du gesagt hast, ist Quatsch.« Ria öffnete den Mund, um zu protestieren, doch Taylors warnender Blick ließ sie verstummen. »Daß du aus Pflichtgefühl hiergeblieben bist, das ist Blödsinn. Du bist geblieben, weil du es wolltest. Und ich habe dich gebeten, zu bleiben, weil ich wollte, daß du bleibst. Also machen wir uns doch nichts vor.«

»Na schön, wir haben beide schuld an dieser

absurden Ehe. Aber ich bin wenigstens treu gewesen.«

»Ich auch!«

»Ich habe mich nicht mit einem anderen eingelassen.«

»Ich auch nicht. Ich habe heute abend zum erstenmal seit geraumer Zeit vor Weihnachten allein mit Lisa gesprochen.«

»Nun, offensichtlich hast du keine Zeit vergeudet, direkt zur Sache zu kommen.« Ria wandte ihm wieder den Rücken zu.

Diesmal trat er hinter sie, packte sie am Arm und zog sie herum. »Ich habe sie nicht einmal geküßt«, stieß er zwischen zusammengebissenen Zähnen hervor. »Sie hat mich geküßt.«

»Was macht das für einen Unterschied?«

»Einen großen.«

»Du hast sie in den Armen gehalten.«

»Sie brachte mich aus dem Gleichgewicht, unmittelbar bevor du hereinkamst.«

»Erwartest du, daß ich das glaube?«

»Es ist die Wahrheit.«

»Und ich nehme an, du hast auch eine gute Erklärung dafür, warum ihre Hände in deiner Jacke waren.«

»Ja. Sie hat mich gestreichelt. Aber ich hatte meine Hände nicht in ihrem Kleid, um sie zu streicheln.«

»Noch nicht.«

Er fluchte heftig. »Sie ist noch dageblieben, nachdem alle anderen gegangen waren. Sie hat sich an mich herangemacht, Ria, nicht umgekehrt.«

»Ein Glück, daß ich euch nicht zusammen im Bett erwischt habe. Du hättest noch versucht, mich davon zu überzeugen, daß sie dich vergewaltigt hätte.«

»Verdammt.« Er hob die Fäuste hoch.

»Wenn du so unschuldig bist, warum bist du mit ihr in der Suite geblieben?« fragte Ria. »Warum bist du nicht einfach hinausgegangen?«

»Wegen dem, was sie gesagt hat.«

»Hat sie dir Liebesworte ins Ohr geflüstert?«

Taylor warf ihr einen vernichtenden Blick zu. »Offenbar hat sie Delia Starr betrunken gemacht. Lisa wußte von unserem Baby und von der Fehlgeburt.« Er wiederholte Wort für Wort sein Gespräch mit Lisa.

»Du hast sie also angehört, um deine Haut zu retten«, war Rias Kommentar.

»Und deine.«

Ria lachte. »Und deine Erregung hast du sicher nur gespielt, um überzeugend zu sein.«

Seine Miene wurde schuldbewußt. »Woher weißt du, daß ich erregt war?«

»Ich bin nicht blind, Taylor. Als du dich umdrehtest, konnte ich sehen, daß du . . .« Sie stockte, dann holte sie tief Luft und schrie ihn an: »erregt warst!«

Er trat zwei Schritte auf sie zu, packte ihre Hand und zog sie an seinem Bauch hinunter. »Ja, ich war hart.«

»Hör auf.«

»Ich bin es immer noch. Und weißt du, warum?«

»Ich will es nicht . . .«

»Nicht wegen Lisa. Wegen dir. *Dir.* Sie sprach von dir, von meiner dunkelhaarigen Frau. Sie sagte, daß das, was wir im Bett machen würden, gut sein müßte.« Er ließ ihre Hand nicht los, sondern preßte sie gegen seinen Unterleib. »Nachdem sie das sagte, war das einzige, woran ich denken konnte, wir beide jetzt im Bett.«

»Ich glaube dir nicht!«

Er vergrub die Finger seiner freien Hand in Rias Haar und zog ihren Kopf zurück. Sein heißer Atem streifte ihr Gesicht. »Doch, das tust du! Ich begehre dich seit dem erstenmal, als ich dich sah. Ich habe dich damals begehrt, und ich begehre dich immer noch, und du weißt es verdammt genau!«

Er atmete tief ein und wieder aus.

»In meinem eigenen Haus habe ich weder essen noch schlafen noch sonst etwas tun können vor Verlangen nach dir, und ich habe versucht, es zu verbergen, um dich nicht zu erschrecken. Ich habe mich auf dieser verdammten Schlafcouch hin und her gewälzt und daran gedacht, daß du in meinem Bett liegst. Ich wollte bei dir sein. Neben dir. In dir. Wollte so tief in dir sein, daß ich dachte, ich würde verrückt werden, weil ich allein dort lag.«

Er küßte sie hart und zornig. »Du weißt, daß ich dir immer treu gewesen bin, Ria. Verdammt, du weißt es! Jetzt küß mich!«

Zorn, so schien es, hatte immer ihre Leidenschaft entfacht. Er war häufig der Funke, der ihr Verlangen entzündete. Rias Muskeln entspannten sich. Wie von selbst schmiegte sich ihr Körper an Taylor, während sich ihre Lippen unter seiner Zunge öffneten.

Sie umklammerte die Satinaufschläge seiner Jacke und preßte die Brüste gegen seine Brust. Er senkte den Kopf und küßte ihre Kehle. Dann wanderten seine Lippen hinunter in den tiefen Ausschnitt ihres Kleides.

»Ich will dich! O Gott, wie sehr ich dich will!«

Ria stöhnte. »Heute ... der Grund, warum ich zu spät kam ... ich hatte einen Termin beim Arzt.« Taylors Kopf fuhr hoch. Ins einen blauen Augen glomm ein leidenschaftliches Feuer. »Bring mich ins Bett«, flüsterte Ria heiser.

Er verschwendete keine Sekunde, sondern trug sie durch das dunkle Haus ins Schlafzimmer. Zwischen langen Küssen entkleideten sie sich gegenseitig, bis sie schließlich nackt voreinander standen. Sie machten sich nicht die Mühe, die Tagesdecke zurückzuschlagen, sondern legten sich direkt darauf. Als Taylor Rias Schenkel spreizte und sie streichelte, war sie schon bereit, doch er streichelte sie weiter, bis sie glaubte, ihr Verlangen nicht länger ertragen zu können.

Endlich drang er in sie ein und lag lange regungslos auf ihr.

»Tue ich dir weh?«

»Nein.«

Er schmiegte das Gesicht an ihren Hals. »Die letzten zwei Wochen, seit jenem Morgen im Krankenhaus, habe ich mich danach gesehnt, wieder so mit dir zusammen zu sein.«

»Ich weiß. Ich habe mich auch nach dir gesehnt. Ich konnte es nicht erwarten, dir zu sagen, daß wir wieder miteinander schlafen können.«

Er küßte ihren Mund. Dann ihre Brüste. Er begann, sich zu bewegen, immer schneller, und irgendwo zwischen Himmel und Erde stöhnten sie auf und erreichten gemeinsam den Höhepunkt ihrer Leidenschaft.

Augenblick später, als er erschöpft neben ihr lag, sagte Taylor: »Ria, es ist nichts zwischen Lisa und mir. Nichts.«

»Ich weiß.«

»Du weißt? Warum hast du mich dann so durch den Wolf gedreht?«

Sie rieb die Wange an seiner. »Ich dachte, ich würde sterben, als ich euch zusammen sah. Ich habe eigentlich nicht geglaubt, daß du mich betrügen würdest, aber ich wollte sichergehen.«

Er schwieg eine Weile. »Hast du mir nicht erst vor zwei Wochen vorgeschlagen, mir eine Geliebte zu nehmen?« fragte er dann.

»Ja«, gab sie zu, »aber es war mir nicht ernst. Als ich dich mit Lisa sah, war ich verletzt, wütend, eifersüchtig.«

»Du warst eifersüchtig?«

»Nun, wie wärst du gewesen, wenn du mich mit Guy erwischt hättest?«

»Eifersüchtig. Fuchsteufelswild. Ich werde jedesmal fast verrückt, wenn ich daran denke, daß er dich überhaupt je... berührt hat.«

»Das hat er nicht.«

Taylor blickte befremdet auf Ria hinunter. »Was?«

»Guy hätte nicht der Vater meines Babys sein können, selbst wenn er keine Vasektomie gehabt hätte.« Sie legte die Hand auf seine Wange. »Ich habe nie mit ihm geschlafen, Taylor.«

Er schaute sie einen langen Augenblick schweigend an. Dann küßte er sie zärtlich. »Du bist die faszinierendste Frau, er ich je begegnet bin. Feminin, und dennoch stark. Eigensinnig, aber taktvoll. Damenhaft, aber sexy. Nervend und erregend. Du kannst mich wütender und verrückter machen als jede Frau, die ich bisher gekannt habe.«

Sie lachte. »Danke.«

Er fuhr mit der Fingerspitze einen Kreis um ihre aufgerichtete Brustwarze nach. »Bin ich dir zu schnell gewesen?«

Sie senkte den Blick. »Ich will mich nicht beklagen.«

»Es tut mir leid. Es ist nur, daß ich dich so lange gewollt habe, daß ich mich einfach nicht beherrschen konnte.«

»Ich verzeih dir«, flüsterte sie und zog ihn näher, »solange du es weiter versuchst, bis du es richtig machst.«

10

Am nächsten Morgen fuhr Taylor Ria zur Arbeit und folgte ihr in ihr Büro. Sobald sich die Tür hinter ihnen geschlossen hatte, zog er sie in seine Arme und küßte Ria.

»Du schmeckst so viel besser als Schinken und Rühreier. Ich glaube, ich werde einfach von jetzt an dich jeden Morgen zu meinem Frühstück machen.«

Ihre Knie fühlten sich weich an, genau wie in der vergangenen Nacht, als er die Kniekehlen geküßt hatte. »Danke fürs Mitnehmen.«

»Es war mir ein Vergnügen.« Er strich über ihren Po.

»Wann bist du hier, um mich abzuholen?«

»Gegen halb sechs.«

»Ich werde bereit sein.«

»Hm, ich auch«, erwiderte er grinsend und küßte sie zum Abschied noch einmal. Er wollte schon gehen, als er bei einem Blick auf ihr Gesicht plötzlich innehielt. »Ria? Weinst du?«

»Ob ich weine? Natürlich nicht. Sei nicht albern.«

»Ich dachte, ich hätte Tränen in deinen Augen gesehen.«

»Die Sonne. Sie läßt meine Augen tränen.« Ria ging zum Fenster und verstellte die Jalousien, so daß die Sonnenstrahlen abgehalten wurden.

Taylor faßte sie bei den Schultern und drehte sie herum. »Bist du sicher, daß alles in Ordnung ist? Wenn ich es mir überlege, bist du heute morgen ziemlich still gewesen.«

»Du hast mir nicht viel Gelegenheit zum Reden gegeben. Wir haben uns geküßt, seit wir aufgewacht sind.«

Er lächelte entwaffnend. »Ich kann mir keine bessere Art vorstellen, den Morgen zu verbringen.« Zärtlich strich er mit dem Daumen über ihre Lippen. Sie drehte den Kopf weg, und er ließ die Hand sinken.

»Was ist los, Ria? Wir haben gerade eine phantastische Nacht zusammen verbracht. Ich fühle mich, als ob ich den Mount Everest besteigen könnte, und du machst ein Gesicht wie sieben Tage Regenwetter. Warum fühlst du dich nicht genauso großartig wie ich?«

»Wenn wir im Bett zusammen sind, fühle ich mich auch großartig.«

»Also, was ist das Problem?«

»Wir können nicht unser Leben im Bett verbringen, Taylor.«

»Ich hätte nichts dagegen.« Er lächelte, und seine blauen Augen funkelten schelmisch. Doch als er Rias Verärgerung spürte, wurde er sofort wieder ernst. »Tut mir leid. Ich wollte keinen Witz machen.«

»Doch, das wolltest du. Und mit Recht. Diese Ehe ist ein Witz.«

»Warum lächelst du dann nicht wenigstens?«

»Warum hast du mich nicht angerufen?« fragte sie ohne Überleitung.

»Wie bitte? Dich angerufen? Wann? Wovon redest du?«

»Nach Heiligabend.«

»Heiligabend?« wiederholte er verblüfft.

»Ja, Heiligabend. Erinnerst du dich?«

»Ja, ich erinnere mich. Es war fantastisch. Unvergeßlich.»«

»Warum hast du dich dann nicht wieder bei mir gemeldet? Hattest du es vergessen, sobald es vorbei war?«

Taylor runzelte die Stirn. »Nein! Verdammt, nein! Ich mußte immer daran denken. Daran, und an dich. Ich habe wochenlang an nichts anderes denken können.«

Ungeheuer erleichtert setzte sich Ria auf die Armlehne ihres Bürosofas. »Meines Wissens war mein Telefon nicht defekt«, meinte sie leise.

Ein zögerndes Lächeln spielte um seine Mundwinkel. »Ich wollte dich anrufen, Ria. Wirklich, ich wollte es. Aber ich konnte mich einfach nicht dazu durchringen.«

»Warum nicht?«

»Zum einen war ich verwirrt.« Ihre Augen blickten ungläubig. »Ja, verwirrt«, wiederholte er.

»Aber du hast mir gesagt, du hättest schon öfter flüchtige Affären gehabt.«

Er fuhr sich mit einer Hand durchs Haar. »Das stimmt, auch wenn es schon länger her ist. Aber es hat mich noch nie so erwischt wie Heiligabend. Was zwischen uns passierte, war so unglaublich, so neu für mich, daß es mir Angst machte. Außerdem war da noch Guy, und ich wußte ja nicht, wie fest eure Beziehung war.« Er setzte sich auf die andere Armlehne des Sofas. »Ich schätze, ich hatte Angst, du könntest mir einen Korb geben. Deshalb habe ich nicht angerufen.«

Ria lachte. Dann wurde sie wieder ernst. »Du warst wütend, als ich dir zuerst von dem Baby erzählte, Taylor. Warum?«

»Weil das nötig gewesen war, um uns wieder zusammenzubringen. Als du meine Sekretärin angerufen und um einen Termin gebeten hast, konnte ich mein Glück nicht fassen. Ich dachte, du wärst meinetwegen gekommen, doch statt dessen warst du schrecklich sachlich und unnahbar.«

»Das war ein Abwehrmechanismus.«

»Das wußte ich damals nicht.« Er stand auf und umschloß ihr Gesicht mit beiden Händen. »Warum hast du mich am Weihnachtsmorgen nicht gebeten, zu bleiben, Ria?«

»Aus den gleichen Gründen, warum du mich nicht angerufen hast«, antwortete sie heiser. »Ich war verwirrt, und ich schämte mich irgendwie. Ich hatte so etwas noch nie gemacht. Außerdem wußte ich, daß du eine Freundin hattest. Und vergiß nicht, du wolltest dich gerade davonschleichen, als ich aufwachte. Ich dachte, daß du bekommen hättest, was du wolltest, und dich eilig aus dem Staub machen wolltest, um dir eine Szene zu ersparen.«

Er beugte sich vor und küßte sie zärtlich. »Nein, Ria. Wenn du mich eingeladen hättest, zum Frühstück zu bleiben, wäre ich nie gegangen.«

Sie schaute ihn erstaunt an. »Wirklich nicht?«

Taylor nickte. »Es scheint, daß wir eine Menge kostbarer Zeit damit vergeudet haben, uns falsch zu verstehen, nicht wahr?« Er richtete sich auf und warf einen Blick auf seine Uhr. »Apropos Zeit, in fünfzehn Minuten habe ich eine Versammlung mit dem Stadtrat.«

»Dann solltest du dich lieber beeilen.« Sie begleitete ihn zur Tür. »Heute ist dein erster Tag im Amt. Du darfst nicht zu spät kommen.«

»Bist du sicher, daß alles okay ist?«

Sie zeigte mit dem Finger auf die Tür. »Geh!« Er küßte sie rasch, bevor er ging. Ria schloß die Tür hinter ihm und preßte die Stirn gegen das kühle Holz. Eine Träne rollte ihre Wange hinunter. »Verdammt.« Sie wischte die Träne ungeduldig weg. »Was ist los mit mir?«

Sie krempelte buchstäblich die Ärmel hoch und stürzte sich in die Arbeit. Doch sie stellte fest, daß sie sich nicht auf die Hauspläne konzentrieren konnte, die auf dem Zeichenbrett vor ihr ausgebreitet waren. Ihre Gedanken waren bei ihrer Ehe. Taylor schien es als selbstverständlich zu betrachten, daß alles bestens war. Und das war es. Sie paßten zusammen. Ihr Sexleben war unglaublich.

Also warum war sie deprimiert?

Ganz einfach. Weil sie sich gewünscht hatte, daß er ihr sagte, daß er sie liebte, und er ihr diesen einen Wunsch nicht erfüllt hatte.

Vielleicht gehörte er einfach zu den Männern, die nicht lieben konnten.

Aber sie war eine Frau, für die Liebe sehr wichtig war. Ohne Liebe konnte ihre Ehe mit Taylor, wie faszinierend sie auch sonst sein mochte, einfach nicht funktionieren.

Taylor und Ria waren essen gegangen und hinterher ins Kino. Es war schon spät, und Taylor fuhr langsam. Sein unmelodisches Summen zu der Musik im Radio zerrte an ihren Nerven.

Den ganzen Tag hatte sie mit sich gerungen,was sie tun sollte. Schließlich war sie zu dem Schluß gelangt, daß es das beste war, Taylor zu verlassen, bevor ihre unerwiderte Liebe zu ihm sie zerstörte. Was sie noch nicht wußte, war, wie sie es ihm beibringen sollte.

»Wohin fährst du?« fragte sie.

»Du sagtest, es gäbe noch ein paar Dinge, die du aus deinem Hau holen wolltest. Ich dachte, jetzt wäre eine gute Zeit.«

»Ach so. Danke.«

»Ich habe über die Sache mit ›deinem Haus‹ und ›meinem Haus‹ nachgedacht. Wozu brauchen wir zwei Häuser? Du wolltest deins umbauen. Warum nehmen wir nicht die Pläne und bauen mein Haus um? Das heißt, wenn es dir gefällt.«

»Es ist ein schönes Haus«, sagte sie ohne große Begeisterung.

»Oder wir könnten beide verkaufen und uns ein anderes, größeres kaufen. Was meinst du?«

»Ich weiß nicht, Taylor.« Sie legte müde den Ellbogen in das offene Fenster und stützte den Kopf in die Hand.

»Denk darüber nach!«

»Okay.«

Er summte weiter zum Radio. Als Ria die Musik abrupt lauter drehte, fragte er: »Stimmt etwas nicht?«

»Du kannst immer noch nicht singen.«

»Ich habe nicht gesungen. Ich habe gesummt.«

»Du kannst auch nicht summen.«

»Bist du deshalb plötzlich eingeschnappt?«

»Ich bin nicht eingeschnappt«, erwiderte sie gereizt.

»Nein? Bist du ärgerlich, weil ich dich heute nicht angerufen habe?«

»Nein, ich erwarte diese Art von ständiger Aufmerksamkeit nicht von dir.«

»Warum nicht? Ich bin doch dein Mann, oder?«

Ihre Kehle schien plötzlich wie zugeschnürt. »Ja, du bist mein Mann.«

»Pflegen die meisten Männer ihre Frauen nicht irgendwann im Laufe des Tages anzurufen, nur um ihnen Hallo zu sagen und zu fragen, ob sie auf dem Nachhauseweg Brot und Milch einkaufen sollen?«

»Nur im Film.«

»Es tut mir leid, daß ich dich nicht angerufen habe. Ich hatte heute furchtbar viel zu tun. Übrigens, ich bin auf der Bank gewesen und habe etwas Geld auf dein Girokonto eingezahlt. Du hattest nicht mehr viel drauf.«

Ria drehte ruckartig den Kopf herum. »Woher weißt du, wieviel auf meinem Girokonto ist?«

»Ich habe einen Blick auf deine Auszüge geworfen. Warum regst du dich so auf? Ich habe Geld eingezahlt, nicht abgeholt.«

»Ich wünschte nur, du hättest vorher mit mir darüber gesprochen.«

»Ah, dann sollte ich dir vielleicht besser sagen, daß ich Lebensversicherungen für uns beide abgeschlossen habe, jeweils mit dem anderen als Begünstigtem.«

Sie starrte ihn sprachlos an. Bevor sie etwas entgegnen konnte, bog die Corvette um die Ecke, und sie sah die Lichter.

»Was in aller Welt ist das?«

Das Dach ihres Hauses war mit Weihnachtskerzen geschmückt. Die Haustür war mit bunten Minikerzen umrahmt, und in der Mitte hing ein Stechpalmenkranz mit leuchtend roten Schleifen.

»Hast du deine Weihnachtsdekoration nicht abgenommen?« fragte Taylor scheinheilig, als der Wagen in die Einfahrt rollte.

»Das weißt du genau. Was geht hier vor? Wer war das?« Sie wartete nicht, bis Taylor die Beifahrertür öffnete, sondern sprang aus dem Wagen und lief die Stufen zur Haustür hinauf. Die Tür war nicht einmal verschlossen. Ria ging ins Haus.

Trotz des warmen Frühlingsabends prasselte ein Feuer im Kamin. Der Sims war mit einer Girlande aus Tannengrün dekoriert, und darüber standen hohe rote Kerzen. Sie brannten und verströmten Myrtenduft. Ein komplett geschmückter Weihnachtsbaum, mitsamt den eingepackten Geschenken darunter, stand in der Ecke, wo sonst der Platz der Birkenfeige war. Jetzt stand dort eine frisch geschlagene Pinie, deren würziger Geruch das Zimmer erfüllte.

Ria hatte das Gefühl zu träumen. »Ich glaube es nicht. Wer . . .«

Ihr Blick fiel auf ihren Silberfuchs, den sie eigentlich

für den Sommer weggehängt hatte, und der jetzt auf der Couch ausgebreitet war. Ria fühlte, wie sie rot wurde. Sie drehte sich langsam um. Taylor lehnte am Türpfosten. Seine Miene war ernst, doch seine Augen leuchteten.

»Was du nicht glaubst«, meinte er leise, »ist, daß ich dich liebe. Ich liebe dich, Ria.« Er verschwand im Flur und schloß leise die Haustür. Dann kehrte er zurück, ging langsam auf Ria zu und legte die Arme um ihre Taille.

»*Du* warst das?« Sie konnte es immer noch nicht glauben.

»Ich habe dir doch gesagt, daß ich heute furchtbar viel zu tun hatte.«

»Aber . . .«

»Warum ich dir heute morgen nicht gesagt habe, daß ich dich liebe, als du es von mir hören wolltest? Weil du dann gedacht hättest, ich würde es nur sagen, weil du es hören wolltest. Ich dachte, du würdest es eher glauben, wenn ich es dir zeigen würde, anstatt es nur zu sagen. Außerdem habe auch ich eine sentimentale Ader. Weihnachten ist das Fest der Liebe. Die Idee, hier zu schmücken, nahm in meinem Kopf Gestalt an, und dann wollte ich die Überraschung nicht verderben.«

Ria hob die Hand an seine Wange und flüsterte seinen Namen. Dann stellte sie sich auf die Zehenspitzen und küßte ihn. »Es hat mich fast umgebracht, mit dir zu leben, mit dir zu schlafen und zu denken, daß du mich nicht liebst, so wie ich dich liebe. Ich hatte mich heute entschlossen, dich zu verlassen.«

»Das war es, wovor ich Angst hatte. Nicht, daß ich dich hätte gehen lassen. Wenn du es versucht hättest, hätten wir einen hitzigen Streit gehabt, gefolgt von einer hitzigen Orgie, und du hättest weiter geglaubt, daß alles, was zwischen uns ist, großartiger Sex ist.«

»Und das ist es nicht?«

»Was, großartig? Er ist irre.«

»Nein«, erwiderte sie lachend, als Taylor sie an sich zog und an ihrem Ohr knabberte. »Ist Sex alles, was zwischen uns ist?«

»Kaum.« Er wurde ernst, blickte auf sie hinunter und strich ihr Haar zurück. »Unser Baby hat uns zusammengebracht. Es zu verlieren, hätte das Ende für uns bedeuten können, aber das hat es nicht getan. Die Fehlgeburt hat uns nur enger aneinander gebunden. Bis dahin war mir gar nicht richtig bewußt, wie sehr ich dich liebe.«

Er küßte sie zärtlich. Dann schlang er die Arme um sie und küßte sie wieder, diesmal leidenschaftlicher. »Ich liebe dich, Ria«, murmelte er, als sie sich voneinander lösten.

»Ich liebe dich auch. Es hat mir fast das Herz gebrochen, als du mich am Weihnachtsmorgen verlassen hast.«

»Diesmal werde ich bleiben. Wir werden es heute abend noch einmal wiederholen.«

»Auf der Couch? Auf dem Pelz?«

»Nackt. Du mit nichts am Körper als dem Schein des Kaminfeuers.«

»Du warm und hart.«

»Du weich und feucht.«

Er legte die Hände auf ihre Brüste und rieb mit den Daumen über die Brustwarzen. Ria stieß einen lustvollen Seufzer aus, preßte sich an Taylor und streichelte sein hartes Glied, das sich durch den Stoff seiner Hose abzeichnete.

»Wirst du dich wohl benehmen?«

»Warum sollte ich?«

Er deutete mit dem Kopf in Richtung des Weihnachtsbaumes. »Weil alles festlich geschmückt ist für das Fest der Liebe.«

»Als ob uns das je gestört hätte«, erwiderte sie lächelnd. »Und da es bis zum vierundzwanzigsten Dezember noch lange dauert, wäre ich sehr dafür, wenn wir jetzt unser eigenes Fest der Liebe feiern würden. Heiligabend können wir dann immer noch brav nebeneinander auf der Couch sitzen und Weihnachtslieder singen.«

Taylor hob die Hand und streichelte ihr zärtlich über die Wangen. Als Ria den ernsten Ausdruck seiner Augen sah, verschwand auch ihr Lächeln.

»Ja, wir werden auf der Couch sitzen und Weihnachtslieder singen«, sagte Taylor endlich, »und es wird wundervoll werden. In diesem Jahr werden wir noch zu zweit sein, aber vielleicht im nächsten schon nicht mehr.« Er nahm Ria in die Arme und zog sie fest an sich. »Ich möchte so gern, daß wir eine richtige Familie werden.«

Ria schloß für einen Moment die Augen. »Ich auch, Taylor. Ich auch!«

Er drückte sie noch fester an sich. »Wie froh ich bin, daß du das sagst. Und wir müssen nur ganz fest daran glauben, dann werden wir eines Tages ein Baby in den Armen halten dürfen – unser Baby.«

Ria nickte stumm und schmiegte sich an ihn. Als sie sich nach einer kleinen Ewigkeit wieder von ihm löste und ihn ansah, tanzte bereits wieder ein Lächeln in ihren Augen.

Taylor runzelte verständnislos die Stirn. »Darling, ist etwas nicht in Ordnung?«

Sie nickte wieder. »Glauben allein genügt nicht! Ein kleines bißchen mehr müssen wir schon tun, um ein Baby zu bekommen.«

Er stöhnte auf und grinste dann. »Und ich dachte schon, ich hätte etwas Falsches gesagt. Du meinst also, wir müßten uns ein bißchen mehr anstrengen, ja.«

»Ich meine«, erwiderte sie, »daß es zwar ganz nett ist, wenn du mich so in deinen Armen hältst, daß wir auf diese Art und Weise aber in zehn Jahren noch Weihnachten allein feiern müssen.«

»Und das wollen wir beide nicht, nein?« fragte Taylor und lachte leise.

»Nein, das wollen wir beide nicht«, flüsterte sie, schloß die Augen und wartete darauf, daß er sie küßte.

ENDE

Band 18 136

Marie Cordonnier

Die Töchter der Hexe

Nadine – unschuldige Verführerin

›Meine Töchter sollen dir zum Verderben werden!‹ Sterbend verflucht Melisande den Mann, der ihr das Messer in die Brust gestoßen hat. Guy de St. Roye flieht entsetzt – doch er kehrt zurück, um die Töchter der Hexe zu töten . . .

»Du bist nicht mein Kind«, flüstert der schmutzige, zerlumpte Bettler und drückt ihr ein goldenes Medaillon in die Hand, bevor er den letzten Atemzug macht.
Aufschluchzend wirft sich Nadine auf den Mann, den sie stets für ihren Vater hielt, doch Colin zieht sie unbarmherzig fort. Keine Sekunde länger dürfen sie in diesem dunklen Kerker bleiben, wenn sie nicht wollen, daß Guy de St. Royes Häscher auch sie erwischen. Denn Guy hat geschworen, Nadine zu töten – doch erst, wenn er sein Vergnügen mit ihr gehabt hat . . .

BASTEI LÜBBE

Sie erhalten diesen Band im Buchhandel, bei Ihrem Zeitschriftenhändler sowie im Bahnhofsbuchhandel.